가자미가
된
남자

윤진모 수필집
가자미가 된 남자

인쇄 | 2022년 3월 25일
발행 | 2022년 3월 28일

글쓴이 | 윤진모
펴낸이 | 장호병
펴낸곳 | 북랜드
　　　　06252 서울 강남구 강남대로 320, 황화빌딩 1108호
　　　　41965 대구시 중구 명륜로12길 64(남산동)
　　　　대표전화 (02)732-4574, (053)252-9114
　　　　팩시밀리 (02)734-4574, (053)252-9334
　　　　등록일 | 제13-615호(1999년 11월 11일)
　　　　홈페이지 | www.bookland.co.kr
　　　　이-메일 | bookland@hanmail.net
책임편집 | 김인옥
교　　열 | 전은경 배성숙
ⓒ 윤진모, 2022, Printed in Korea

ISBN 979-11-92096-66-7 03810
ISBN 979-11-92096-67-4 05810 (E-book)

가자미가 된 남자

된

윤진모 수필집

북랜드

책머리에

학창 시절, 수필은 무형식의 형식이라며 붓 가는 대로 쓰면 되는 줄 알았습니다. 수필과 지성 창작 아카데미에서 본격적인 수필 공부를 하면서 당혹감을 느낀 적이 한두 번이 아니었습니다.

수필은 치유와 자기 성찰의 글이었습니다. 정신없이 글쓰기에 매달렸습니다. 그저 내가 겪었던 이야기만 늘어놓으면 좋은 글이 되리라 여겼습니다. 때로는 부끄러움도 무릅쓰고 감추고 싶었던 사연도 끄집어내었습니다. 진솔한 이야기만 쓰면 된다고 생각했습니다. 씨앗을 뿌리면 새싹이 나고 꽃이 피어 튼실한 열매가 맺는 줄 알았습니다. 착각이었습니다.

'**포곡수필 창작반**'에서 거름을 주고 곁가지를 자르면서 조금씩 제 자리를 찾아갔습니다. 결코 혼자 가는 길이 아니었습니다. 함께 글밭을 일군 문우들이 있어 커다란 힘이 되었습니다.

아내가 곁에 있어서 참 든든했습니다. 올해 예고에 입학하여 표지화를 그려 준 처형의 손녀 세원이에게도 고마움을 전합니다.

첫아이를 세상에 내놓습니다. 아직 부족함이 많습니다. 졸작들이나마 느낌표 하나라도 드릴 수 있었으면 좋겠습니다. 이 아이가 잘 성장할 수 있도록 아낌없는 꾸짖음을 주시길 부탁드립니다.

2022년 3월

솔뫼 홍진오

| 차례 |

1부 엄마, 달이 떴어요

2부 카페 37.5℃

3부 모루

4부 봉할매

5부 가자미가 된 남자

1
엄마, 달이 떴어요

방 안에 누운 달이 익어갑니다.
밤하늘에 커다란 홍시가 달려 있습니다.
엄마…….

설령 내일이 없다 해도

그를 처음 만난 것은 15년도 훨씬 전이었습니다. 그날 우리 쌍둥이 형제는 다른 아이들과 뒤섞여 놀고 있었지요. 여기저기 살피던 그는 우리를 꼭 껴안아 주었습니다. 참 포근했어요.

쌍둥이 중 하나라도 아프면 우린 같이 병원에 갑니다. 젊고 건강할 땐 몰랐는데 이젠 그렇지 않아요. 몸 관리를 잘한다고 해도 늙고 병드는 것을 어쩔 수 없습니다. 그래도 얼마나 다행인지 몰라요. 그가 우리를 변함없이 사랑하기 때문이지요. 다른 아이들 같았으면 벌써 버림받는 신세가 되었을 겁니다. 아직도 그의 곁에서 살아가고 있으니 이런 행복이 어디 있을까요.

어느 날 그와 함께 야간 데이트를 한 일이 있습니다. 달과 별을 품고 있는 수성못을 한 바퀴 돌았지요. 그는 아는 사람을 만나면 잠시 멈추고 반갑게 인사를 나눕니다. 우리는 말없이 기다리지요. 보채거나 떼쓰지 않아요. 버스 정류장에서 승차 순서를 기다리듯 그가 가자 할 때까지 기다립니다.

그해 여름이었습니다. 우리에게 쌍둥이 동생이 생겼습니다. 우리는 검은 얼굴이었는데 그들의 얼굴은 연한 갈색이었지요. 예뻐 보이는 그들이 싫지 않았습니다. "어디서 왔느냐?"라고 물어도 대답이 없었습니다. 낯선 곳에 와서 적응이 안 되어 그랬을까요. 저만치 서로 떨어져 밤을 보냈습니다.

다음 날, 황당한 일을 겪었습니다. 그가 집을 나서려고 할 때, 따라가고자 채비를 했습니다. 그런데 그게 아니었어요. 우리를 본체만체하더니 어제 데려온 그들과 같이 나갔어요. 그는 갈옷을 입고 있었습니다. 그가 보이지 않은 뒤에도 현관을 한참이나 쳐다봤습니다. 왜 버림받았을까? 그 녀석들이 외출하고 있던 동안 온갖 생각을 다 가졌습니다. 나이가 들고 꾸밀 줄 모르는 우리가 촌스러워 그랬을까. 아무리 생각해도 알 수 없었습니다. 밤늦게 돌아온 그들에게 "어디를 다녀왔느냐?"라고 물었지만, 피곤한지 그 녀석들은 이내 잠이 들었습니다. 괜히 머쓱해진 우리는 한쪽 모퉁이에서 "하나! 둘! 셋!……" 그렇게 별만 헤아렸습니다.

창밖엔 비가 내리고 있었습니다. 그가 우리더러 나가자고 했습니다. 오랜만에 나들이라니……. 얼른 따라나섰지요. 성당에 갔었습니다. 돌아올 땐 온몸이 비에 흠뻑 젖었습니다. 그래도 즐거웠어요. 그가 우리를 잊지 않았다는 사실을 확인할 수 있어 기뻤어요. 그뿐만 아니라 비가 그치면 우리의 온몸을 어루만지면서 때 빼고 광을 내주었습니다. 비가 그친 다음 날 길거리에 나서면 우리는 이마를 추켜세웁니다. 탱고 춤이라도 추는 양 발걸음이 가볍습니다. 자주 비가 내렸으면 좋겠다고 생각했어요.

겨울이 왔습니다. 노란 은행잎은 나비가 되어 먼 여행길을 떠났습니다. 여름부터 가을까지 으스대던 갈색 얼굴의 동생들은 어느 날 아침부터 캄캄한 곳에 갇혀 버렸습니다. 그들과 함께 나들이한 적은 한 번도 없었습니다. 그는 반드시 어느 한쪽만 데리고 다녔지요. 서로 앞서거니 뒤서거니 다툴까 싶어 배려한 것일까요. 어쨌거나 다시 그의 사랑을 되찾아 기분이 좋았습니다.

여름에 그를 따라나설 때가 있습니다. 그런 날은 대개 비 오는 날이었습니다. 푹 젖었습니다. 개들도 하지 않는다는 여름 감기에 시달려도 신났어요. 그의 사랑을 받는다고 생각하니 무척 행복했습니다. 만신창이가 되어도 괜찮다고 생각했어요. 진흙땅에 빠져 얼굴이 시커먼 누룽지가 낀 것처럼 보여도 부끄럽지 않았습니다. 다른 사람들이야 뭐라고 하든지 그게 무슨 상관입니까?

어느 날 우린 둘 다 몸이 아팠습니다. 얼굴은 아직 깨끗했으나 발바닥에 구멍이 뚫렸는지 쓰라렸습니다. 발뒤꿈치가 까졌는지 시큰거렸습니다. 그가 우리를 검은 비닐봉지에 넣고 집을 나설 때 서러움이 파도처럼 밀려왔어요. 검은 관에 눕힌 느낌이었습니다. 이제 이별의 노래를 불러야 하는가 생각하니 가슴이 먹먹했습니다. 우리가 간 곳은 집 가까이 있는, 작년에도 다녀갔던 그 병원이었습니다. 지체장애인인 그 의사는 친절했습니다. 우리 몸을 이리저리 살피며 진찰했습니다. 그에게 온몸을 맡겼지요. 마취도 하지 않고, 봉합 수술을 할 때 무척 따끔거리고 쑤셨으나 잘 견뎌냈습니다.

집으로 돌아가는 길이었습니다. 너덜너덜한 모습으로 쓰레기통에서 겨우 숨만 쉬고 있는 노숙자를 봤습니다. 어떤 아이는 짝을 잃고 하수구에 아무렇게나 누워 있었습니다. 그 악취 나는 곳에서 겨우 얼굴만 보였지요. 한때 그의 발 냄새가 고약하다고 투덜거렸던 것이 미안했습니다.

가끔 장례예식장을 방문했습니다. 검은 옷으로 갈아입은 그는 반드시 우리와 동행합니다. 처음 따라갈 때엔 꽤나 두려웠지요. 우리의 장례를 치르기 위해서 가는 줄 알고 몸을 뻗대기도 했습니다. 곡소리를 들으면서 남몰래 마음을 졸였습니다. 사람들은 곡을 하면서도 대부분 눈물을 흘리지 않아요. 돌아서서 웃음을 짓는 사람들도 있습니다. 알다가도 모르겠어요.

그는 마음이 너그러운 사람이었습니다. 다른 사람과 크게 다투는 것을 본 적이 없지요. 주위의 사람들이 아파할 때 함께 아픔을 나누었습니다. 그럴 땐 우리도 마음이 쓰라렸지요. 지금까지 걸어온 발자취를 생각하면 함께 살아온 우리가 자랑스럽습니다.

그와 같이한 여정은 행복했습니다. 향수를 뿌리지 않는 그의 체취를 잊을 수 없습니다. 우리의 가치를 알아주는 사람과 살아간다는 것은 몸이 아파도 아픈 줄 몰라요. 온종일 아무것도 먹지 않아도 배고픈 줄도 모릅니다. 오늘도 우리는 그의 사랑을 먹으며 함께 걸어갑니다. 설령 내일이 없다 해도 두려울 게 없어요.

달빛 연가

산새들이 잠든 초저녁 개밥바라기별을 따라간다. 혼자보다 둘이 걸어가는 길은 외롭지 않다. 함께 살아가는 세상이 아름답다. 태양이 이글거리는 해변보다 호젓한 숲길을 걷는 게 좋았다.

태양은 낮 동안 황제처럼 행세한다. 온 세상을 향하여 무엇 하나 거리낄 것이 없다. 강렬한 빛으로 모든 것을 덮어 버린다. 감히 어느 누가 똑바로 쳐다볼 수 있으랴. 천하 만물이 굽실거린다. 모두를 눈 아래 두고 호령하는 권력자다. 그의 앞에서 감히 '나는 나다!' 하고 나설 수 있겠는가. 한낮을 강렬하게 군림하는 그도 어두움이 내려오면 천적을 만난 양 꼬리를 감추고 만다. 아무리 뛰어난 능력을 갖췄다 할지라도 이때는 무용지물이다.

달은 밤의 주인이다. 낮 동안에는 어딘가 몸을 수그리고 있다가 어두워지면 그 모습을 드러낸다. 아무도 관심 가져 주지 않아도 자기 할 바를 묵묵히 다하는 사람과 같다. 앞에 나서서 잘난 체하지 않는다. 그렇게 하지 않아도 알 만한 사람은 다 알아준다. 어두움 속에 있어도 보석처럼 밝게 빛난다. 그는 높은 자리에 앉기보다 낮은 자리를 원한다.

달은 외롭지 않다. 낮에 혼자 빛나는 태양은 따르는 무리가 없지만, 밤이 되면 달과 별들의 세상이다. 혼자가 아니라 무리와 더불어 빛나는 삶을 살아간다. 그들은 서로서로를 보듬어주면서 아름다운 세상을 만들어간다.

어두움이 좋다. 누군가와 다투지 않고, 치부를 드러내지 않아서 정겹다. 언제나 포근하게 감싸준다. 달빛은 은근히 속삭인다. "잘났다고 뽐내지 마라. 못났다고 부끄러워할 이유가 어디 있으랴." 그늘진 곳에서 마음 편히 살아간다는 것은 행복의 한 방편이기도 하다. 위만 바라보고 살아가면 아래를 볼 수 없다. 눈 위보다 눈높이가 같거나 그 아래에는 훨씬 많은 것이 존재한다. 어둡다고 해서 어두움만 있는 것은 아니다. 보이지 않는 곳에서 치열한 삶을 살아가는 그들이 얼마나 아름다운가. 실낱같은 빛이 보일 때 마음이 더 풍성해지는 것을…….

지난 IMF 때의 일이었다. 한 동생의 사업에 보증을 섰다가 압

류가 들어왔다. 생각하지도 못한 폭풍이 불었다. 집이 날아갔다. 커다란 불구덩이에 빠진 기분이었다. 그녀는 군말 없이 그 불을 꺼 주었다. 잘잘못을 따지지 않았다. 마치 먼 곳에서 일어난 일인 양 대수롭잖게 여겼다. 나 역시 동생에게 이러니저러니 묻지 않았다. 이미 엎질러진 물인 걸 어떻게 다시 담을 수 있겠는가.

그녀는 뒤에서 일하기를 좋아한다. 성당에서 어느 모임의 간부를 맡았든 아니든 자기 할 일을 묵묵히 해낸다. 어떤 단체나 개인에게 도움을 주어도 자기를 내세우지 않는다. 달빛처럼 고요히 비출 뿐이다.

그녀는 재테크에는 젬병이다. 나 역시 그러하니 가진 것이라곤 지금 사는 작은 아파트 한 채가 고작이다. 그런데도 아내는 작다고 느끼지 않는다. 연금이라도 나오니 그저 자족하고 산다. 무엇을 사고팔아서 이문을 얼마나 남기고 하는 것은 다른 사람의 이야기다. 투기니 투자니 하는 말조차 알지 못하고 부자처럼 살아간다. 퍼줄 줄은 알아도 담을 줄은 모른다. 밤에도 빛나는 윤슬이다, 그녀는.

이십여 년 전 파친코에 정신이 팔린 적이 있었다. 삼사 년 푹 빠져 지내다 보니 빚까지 지게 되었다. 더 이상 감당할 수 없었다. 5년 동안 쌓아 두었던 재형저축 목돈이 깡그리 사라졌다. 아내에게 다시는 그런 노름을 하지 않겠노라고 맹세코 다짐하였다. 그녀는 쓰다 달다 말하지 않았다.

고혈압에 부정맥이 찾아왔다. 술을 많이 마신 날에는 심하게 코를 골고 수면무호흡증에 빠지는 날이 잦았다. 자다가 숨을 쉬는지 멈추는지 나로선 알 바 없다. 그녀는 깊은 잠을 못 이뤘다고 말한다. 내 고개를 이리저리 바꾸어 놓다 보면 밤이 후딱 지나간다고 했다. 아침에 일어나 그 말을 듣고 멋쩍은 변명을 한다. "당신이 나의 수호천사요!"라고.

아내는 달빛이다. 그녀는 보이지 않는 곳에서 아름다운 세상을 만들어간다. 그늘진 곳에서 품어주길 좋아한다. 자기를 앞세우지 않는 밤하늘의 여왕이다. 오늘 밤 달빛 속에서 그녀와 함께 수성못 자락길을 걷고 싶다. 그리움은 멀리 있는 것이 아니라 가까이 있다. 높은 곳과 먼 곳을 바라보다 눈앞에 있는 참 행복을 내던지지는 않았는지. 보름달만이 달이라고 말할 수 있을까. 얼마큼 살아야 잘 살았다고 말할 수 있겠는가. 마음이 가는 곳에 빛이 있다.

그믐달이 미소를 보내며 노래한다. 이름 모를 별 무리가 파랗게 반짝이는 동녘 하늘 저만치에 새벽이 밝아온다.

골마리 이생

나는 잘 웃지 못한다. 웃음보다 눈물이 더 많다. 울고 싶어서 우는 것이 아니다. 정작 울어야 할 때는 웬일인지 눈물샘이 말라 버린다.

고등학교 햇병아리 교사 시절이었다. 농번기를 맞아 인근 들녘에 보리 수확을 돕고 학교로 돌아왔다. 운동장에서 누군가 외치는 소리가 들려왔다.

"찐빵- 찐빵-"

웬 녀석인가 싶어 창밖을 내려다봤다. 내가 담임하고 있는 K군이었다.

"야! 너 이리 올라와!"

녀석은 고개를 푹 숙이고 내게 왔다. 이런저런 말없이 그 녀석에게 몽둥이를 날렸다. '찐빵'은 그 당시 학생들이 나에게 붙인 별명이었다. 많은 학생이 있는 운동장에서 내 별명을 외친 녀석을 쉽게 용서할 수 없었다.

그 후, 녀석은 나를 똑바로 바라보지 않았다. 말이 거의 없었다. 한순간만 참으면 되는 것을 성질대로 하다니. 그것은 엄연한 폭력이었다. 아마, 그 녀석도 나처럼 웃음을 잃고 살아가고 있지 않을까. 확인할 수 없지만, 어딘가에서 웃음을 잃은 그가 나를 지켜보고 있을 것 같았다. 가끔 그 학생을 생각하다 보면 어린 시절, 한 어른에게 무자비하게 얻어맞은 기억이 떠오른다.

초등학교 입학 전이었다. 어느 날 동네에서 나보다 나이가 네댓 살 많은 아이가 등허리에 주먹만 한 것을 넣고 춤을 추는 모습을 보았다. 머리를 수그리고 등에는 단봉낙타처럼 솟아난 커다란 혹을 달고 껑충대는 그 모습이 커다란 웃음을 자아냈다. 때마침 그곳을 지나가던 동네 한 어른을 보았다. 그 어른을 보고

"골마리 이생! 저거 보랑께로!"

하고 깔깔거리며 크게 웃었다. 웃음이 그치기도 전에 등허리에 불덩어리가 떨어졌다. 긴 담뱃대로 사정없이 여러 차례 두들겨 맞았다. 등허리 여기저기가 부풀어 올랐다. 사람들이 그를 보고 '골마리 이생'이라고 불러서 나도 그렇게 따라 했으리라.

나는 전라남도 광양에서 태어났다. 아버지의 직장 관계로 초등학교 5학년이 되면서 대구로 전학을 왔다. 너무 어린 나이에 고향을 떠났고, 60여 년이란 세월이 흘러 그곳에는 이렇다 할 친구가 없다. 그저 '식이', '석이' 등 이름만 떠오르는 동네 아이 한둘이 겨우 생각날 뿐이다. 거의 모든 게 잊혔다.

60여 년이 지나도록 '골마리'라는 말의 의미를 모르고 살았다. '이생'이 '이 씨'라는 것을 알게 된 것은 내가 성인이 되어서였다. 그러나 '골마리'란 말은 무엇을 가리키는지 최근까지도 몹시 궁금했다. '곤마리'라는 일본말인가 싶어 일본어를 할 줄 아는 몇몇 분에게 물어도 보았다. 그러다 우연히 어떤 글을 읽다가 그것이 '허리춤'을 가리키는 전라도 방언이라는 것을 알게 되었다. 그러고 보니 그 '골마리 이생'은 한복 바지저고리 차림으로 다니는데, 바지 속에 양손을 쑥 집어넣고 다닐 때가 많았다. 그래서 그 어른을 그렇게 불렀나 보다.

나는 눈물 줄기를 길게 늘어뜨리며 집으로 들어왔다. 어머니가 내 손을 잡고 그 어른을 찾아갔다. "어린아이에게 이게 무슨 짓이오?"라고 따졌다. 처음에는 조그만 녀석이 말을 함부로 해서 버릇을 고친다고 했다. 그리고 나의 등을 쳐다보고는 어머니에게 미안하다고 머리를 조아렸다. 사과한다고 해서 내 아픔이 사라지지는 않았다. 그 어른의 별명을 부른 게 옳은 것은 아니었다.

잘잘못을 따지기 전에 구타로 인한 상처가 크다는 것이 문제였다. 그때는 그 문제가 그렇게 심각하리라는 것을 몰랐다. 일찍 고향을 떠나면서 고향을 잃었고, 그 어른에게 무차별 구타를 당하면서 웃음마저 사라졌다.

웃음을 잃어버리고 살아온 지금은 눈물이 많다. 얼마 전 영화 '군함도'와 '아이 캔 스피크'를 보면서도 흐르는 눈물을 찍어내느라 두 손으로 눈시울을 훔쳐야 했다. 단순히 카타르시스라고 말하기에는 좀 지나치다고 할까.

내게 얻어터진 고등학생 K는 잘못이 없다. 다른 아이들처럼 어떤 악의도 없이 '찐빵'이라고 불렀을 것이다. 어쩌면 뭔가 할 말이 있어 불렀을지도 모른다. 어릴 때 그 어른을 보고 "골마리 이생!"이라고 불렀던 나처럼. 그 말의 뜻도 모르면서 우스꽝스러운 모습을 이야기하려던 그 마음으로 말이다. 어릴 땐 철이 없어 그렇다 치자. 학생을 가르치는 처지인 교사로서 앞뒤 가리지 않고 폭력을 행사했다는 건 지금 생각해도 전적으로 나의 잘못이다. 조금만 그런 상황을 생각했더라면 얼마든지 참을 수 있는 걸 성질대로 하다니…….

삼십여 년 전 어머니가 불의의 사고로 돌아가셨다. 눈물이 나오지 않았다. 너무나 기가 막혀서 눈물샘까지 말랐을까. 먹먹한 가슴만 끌어안고 장례를 치렀다. 삼우제를 지낸 며칠 뒤에야 시도 때도 없이 흐르는 눈물을 주체할 수 없었다. 한밤 베란다에서 금성을 바라보면서 "엄마……." 하고 부르짖었다.

골마리 이생! 그의 구타는 내게서 웃음을 앗아갔다. 왕년의 코미디언 구봉서의 '오부자'를 보고도 웃지 않았다. 수많은 개그맨이 웃음을 자아내게 하던 프로그램을 보면서도 도무지 웃음이 나오지 않았다. 이주일이 만든 유행어 "못생겨서 죄송합니다."를 들어도 그저 무덤덤했다. 봉숭아 학당의 바보스러운 '맹구'를 봐도 웃음을 흘릴 줄 몰랐다.

몇 년 전 웃음이 조용히 찾아왔다. 큰아들보다 먼저 결혼한 둘째 아들이 아들 둘을 데리고 왔다. 덕민이, 덕현이 두 손자 녀석이 자라면서 내게 재롱을 부렸다. "할아버지!" 하면서 싱긋 다가서는 모습이 귀엽고 사랑스러웠다. 저절로 웃음이 배어 나왔다. 비록 크게 웃지는 아니해도 조금씩 옅은 미소가 내 얼굴에 자리 잡았다. 오랫동안 숨어있던 웃음이 되살아난 것이다.

웃어보자. 울어야 할 때 웃으면 안 되겠지만, 웃어야 할 때 웃지 않아서야 되겠는가. 웃어야 할 때 웃어야겠다. 웃음은 몸과 마음을 건강하게 만드는 약이라 하지 않았던가. 손자들이 보고 싶다.

첫 출항

해군 수병이 되었다. 12주간의 신병훈련 기간에 바다는 어머니의 품처럼 따스할 거라 여겼다. 설렘으로 가슴에 뽀얀 물거품이 자주 일렁거렸다.

군함에 몸을 싣고 진해항을 빠져나간 첫날은 결혼식을 올리는 기분이었다. 뱃고동이 "부웅- 붕" 축가祝歌를 부른다. 다가왔다 사라지는 섬들이 하객들로 보인다. 그들이 손뼉을 치면서 환호하는 것 같아 한껏 기분이 고조되었다.

배속받은 군함은 중형 상륙함이었다. 진해항을 빠져나오자 크고 작은 섬들이 앞 다퉈 다가오다 손을 흔들며 뒤로 물러선다. 갈매기들이 함미艦尾 뒤편에서 "끼룩- 끼룩-" 노래하며 한참이나 뒤

따라왔다. 가덕도를 지날 무렵 배가 흔들리기 시작했다. 파도가 거의 없는데도 몸을 가누기가 힘들었다. 낙동강 하구의 민물과 바닷물이 만나 한바탕 힘겨루기를 하는지 조류가 몸부림을 친다. 군함은 그러거나 말거나 아랑곳없이 하얀 포말만 간단없이 뒤로 내뿜었다.

초야를 치른 이튿날 '신랑 다루기'의 신세였다. 발바닥이 아닌 내장이 뒤틀리는 고통이 온몸을 휘감았다. "이 배에 무엇 하러 왔느냐?"며 엔진 소리가 고함을 지르는 것 같다. 아무도 내게 도움을 주지 않았다. 모두 처가의 아재비처럼 깔깔대며 웃었다.

변기를 끌어안고 오리처럼 꽥꽥거렸다. 훈련을 마치면 군함을 타고 바다를 휘저으며 다니리라는 것은 허황한 꿈으로 변했다. 내무반장은 나를 궤짝에서 헌 옷 끄집어내듯 갑판 위로 끌고 가 일으켜 세웠다. "야! 이 정도는 아무것도 아냐." 그는 웃음을 갑판 위에 흘리고, 내게 무거운 물건을 어깨에 얹어주며 뛰어가라고 명령했다. 땀을 비 오듯 쏟아내면서 달렸다. 얼마 못 가서 쓰레기처럼 나뒹굴었다. 갑판에 토사물로 그림을 그리고 말았다. 배는 통탕거리며 계속 앞으로 나아간다. 파란 하늘이 노란 웃음을 날린다. 화장실로 달려갔다. 좌변기는 어머니처럼 포근했다. 머리를 푹 파묻었다.

이상과 현실은 괴리가 있기 마련인가. 겉모습만 보고 판단할 일이 아니다. 파도도 없이 잔잔하다고 마음을 놓을 수 없다. 사람들은 웃으면서 괜찮다고 하지만, 언제 어떻게 돌변할지 누가 알 수 있으랴. 웃음 뒤에 독 가시가 감추어 있을지 모른다. "나 화난다."며 성을 내는 사람은 두렵지 않다. 아무 말 없이 은근히 애먹이는 사람이 더 무서울 수 있다.

세 끼를 굶었다. 진해에서 부산, 울산을 지나고 울진까지 가는 도중에 사사건건 며느리를 다그치는 시어머니처럼 군함과 바다는 으르렁거렸다. 노란 신물을 끝없이 쏟아내자 뱃속이 텅텅 비었다. 더 이상 나올 것이 없었다. 해가 떠오르는 수평선도 노랗게 보였다. 훈련소에 면회 오셨던 어머니가 수평선 너머에서 외치고 있었다. "얘야, 죽더라도 먹고 죽어라!"라고 말하는 것 같았다. '그래. 먹고 죽자. 죽더라도 추한 꼴은 보이지 말자.' 기다시피 하여 식당으로 내려갔다.

훈련소에 면회 오면서 어머니는 찜닭 한 마리, 찰밥, 부침개, 김치, 딸기 등을 찬합에 가득 담아왔다. 면회가 끝나고 한껏 부푼 아랫배를 두드리며 침대에 누워 쉬려고 할 때 "훈련병은 연병장에 집합하라!" 하는 구령 소리가 저승사자의 괴성처럼 귓속을 파고들었다. 몇 바퀴 돌지 않아서 훈련병들은 여기저기 엎드려 '구토嘔吐의 합창'을 부르기 시작했다. 나는 어머니의 얼굴을 떠올리며 노래하지 않으려고 배를 움켜쥐면서 끝까지 달렸다.

갑판 위로 가서 뛰었다. 면회가 끝난 후 훈련소에서 연병장을 돌았듯이 이를 악물고 내달렸다. 파도가 넘실댈 때마다 어머니가 두 손을 불끈 쥐고 안타까운 눈빛을 보내고 있었다. 멀미는 언제 그랬느냐는 듯 배 뒤편에서 일으키는 물거품 속으로 사라졌다.

배는 파도를 헤치며 앞으로 나아갔다. 함교艦橋에 올라 하루 4시간씩 세 차례 견시見視 임무를 수행한다. 망원경을 들고 조타실과 통하는 전화기를 귀에 꽂은 채 망망한 바다 위를 살핀다. 조금이라도 이상한 점이 발견되면 즉시 보고한다. 짬이 생기면 망원경으로 해변을 돌아다녔다. 어쩌다 지나가는 붉은 치맛자락이라도 볼라치면 초등학교 시절 소풍 가서 맘에 드는 보물을 찾은 기분이었다.

자정에서 4시 사이의 근무는 몹시 지루하다. 보이는 것이라곤 야간 어로 작업 중인 어선뿐이다. 온통 캄캄한 어둠 속에서 졸다 보면 조타실에서 부르는 소리가 귓전을 때린다. "야! 자고 있나?"라는 고함에 본능적으로 "아, 아닙니다. 안 잡니다." 얼마 후 철썩이는 파도 소리를 자장가 삼아 다시 졸기 시작한다. 시계도 자고 있는지 시간이 더디 간다.

새벽 4시부터 8시까지의 견시 근무는 색다른 것을 보여 주었다. 수평선이 불그스름하게 바뀌면서 차차 새색시 볼처럼 붉게 물들어버린다. 곧이어 수평선에 걸린 커다란 쟁반이 빨갛게 불타 오르며 불끈 솟아오른 순간은 무어라고 표현해야 좋을까. 아름 다운 풍경이라 할지라도 자주 보다 보니 시들해졌다.

맛있는 것도 자주 먹다 보면 물리는 법이다. 좋아한다느니 사 랑한다느니 시도 때도 없이 말하는 것은 차라리 말 안 하는 것보 다 못한 경우도 생긴다. 좋은 말도 때로 아껴야 한다. 일출日出이 그랬다. 처음의 그 장관과 환희는 차차 석양 속으로 숨어버렸다.

그 후, 제주도로 보급품을 싣고 갔다. 모슬포 바닷가에서 물품 을 하역하다 태풍을 만났다. 다른 수병들과 함께 바닷물을 덮어 쓰면서도 함상艦上의 물건을 묶고 조이면서 일을 끝냈다. 태풍 속 에서도 멀미를 하지 않았다.

첫 출항에서 겪었던 뱃멀미는 내게서 멀리 떠나갔다. 처음이 힘들었을 뿐 면역이 생겼는지 멀미는 두 번 다시 찾아오지 않았 다. 몇 년 전, 울릉도로 가는 여객선에서 직장 동료 대부분이 화 장실로 들어가 나올 줄 몰랐다. 나는 의자에 앉아 TV를 보며 맥 주를 즐겼다. 몹시 험한 일을 겪고 나면 그보다 어지간한 일은 얼 마든지 이겨낼 힘이 생기는 것일까. 무엇이든지 할 수 있다는 의 지가 중요한 것 같다. 사람들은 해보지도 않고 "나는 그것 할 줄 몰라." 하고 시도도 하지 않는다.

어머니는 등대였다. 길을 잃고 헤매거나 힘들 때마다 길잡이로 이끌어 주었다. 때로 바다는, 내가 안기면 따스하게 안아주는 어머니의 품이었다. 가끔은 속상할 때도 있지만, 그것은 어머니의 본심이 아니었다. 첫 출항에서 얻은 멀미는 나를 더욱 강인하게 만들어주었다. 비로소 바다의 진정한 아들이 되었다.

개 어르신

해와 달과 별조차 잠든 밤, 바람도 숨을 죽이고 있다. 사람들은 어둠이 추하거나 부끄러움을 덮어준다고 생각하는가. '강심장' 술집에서 나온 두 사내가 바지를 내리고 경쟁이라도 하듯 성당 옆 울타리에 있는 나무에 세례를 준다. 측백나무가 축복이라도 받는 듯 다소곳이 머리를 숙인다.

성당은 아무 말이 없다. 나도 그냥 그 자리를 지나갔다. '급해도 그렇지. 성당 울타리에 오줌을 누면 어떡해. 아마 그들은 신자가 아니겠지.' 하며 혼자 삼킨 말이 골목길을 구르며 내 뒤를 따라온다. 뭐라고 한 소리 하고 올걸. 괜히 잡도리하다가 그 사람들에게 봉변이라도 당할까 싶어 마음이 저렸다. 언젠가 정체된 지방도로에서 갓길로 가는 자동차를 향해 경적을 울렸다가 괜한 일에 참견한다며 아내로부터 핀잔을 받고, 상대방 운전사는 내 차 앞에서 급정거를 몇 차례 하다가 더 큰 경적을 남기고 쏜살같이 달려갔다. 뭐 뀐 놈이 성낸다더니 참 별꼴을 다 봤다.

수캐는 한쪽 다리를 점잖게 들고 볼일을 본다. 그 사내들은 다리만 들지 않았을 뿐 딱 그 수캐 모양이다. 아니, '여기는 내가 지나간 곳이다'며 도장을 찍어 두는지도 모른다. 누가 보거나 말거나 신경 쓰지 않는다. 아무 일도 없었다는 듯 눈에 띄지 않으면 그만인가 보다. 보다 못해 가로등이 길게 하품하는 밤이 익어간다.

'강심장' 술집 안에는 화장실이 없어 밖으로 나와 건물 뒤를 돌아가야 한다. 공용으로 사용하는 변소는 변기가 하나뿐이어서 기다려야 하는 불편함이 따른다. 아랫도리가 부풀어 뻐근해진 사내들은 슬며시 배설할 곳을 찾다가 술집 맞은편 성당 울타리에 쉬- 이해할 수 없는 추상화를 그린다. 산책 나온 반려견처럼 영역 표시를 하는가. 우뚝 솟은 십자가 아래 빽빽하게 심어진 측백나무에 자기들 마음대로 세례식을 거행한다. 그들은 잠시 사제가 되어 성부와 성자와 성령의 이름으로 세례를 주었을까. 나무들은 좋거나 싫거나 간에 고개를 수그리다가 치켜들었다.

예전엔 나 역시 술을 마신 뒤 길가 전봇대에 오줌 세례를 주었다. 주차한 화물차의 타이어에 붙어 있는 흙을 씻어 준 적도 있다. 타이어가 하얗게 웃었다. "어! 시원해. 너도 시원하지."라고 내뱉은 말이 풍선에서 공기 빠지듯 입술 밖에서 춤을 추었다. 부끄러운 줄 몰랐다.

여행하다 보면, 휴게소 여자 화장실 앞에는 치마가 길게 늘어진 장면을 가끔 보게 된다. 대체로 여성들은 남의 시선을 의식하여 차례를 잘 지키는 편이다. 그런 경우 남성들은 낮이라 할지라도 근처 울타리나 잘 보이지 않는 곳에서 바지 지퍼를 열고 볼일을 본다. 다시 올 일이 있을지 모르니 영역 표시를 확실하게 하는지 모른다. 일 처리를 끝낸 그들은 이리저리 몇 번 흔들고 자리를 뜬다.

여학교에 근무할 때였다. 어느 해 설악산으로 수학여행을 갔다. 400여 명이 넘는 여학생이 어느 고속도로 휴게소에 들렀다. 한꺼번에 화장실을 이용하려니 난리가 났다. 몇몇 아이들이 남자용 화장실을 기웃거리다가 슬그머니 안으로 들어갔다. 대장물고기를 따라가듯 순식간에 화장실을 차지해버렸다. 남자들은 들어가지 못하고 밖에서 엉거주춤 주머니에 손을 넣은 채 기다렸다. 용변을 마친 그들은 버스에 올라 승리의 노래를 부르며 신나게 달려갔을까.

누가 보거나 말거나 규칙을 지키는 사람들은 때때로 바보 취급받는다. 신호 위반하거나 무단횡단한다고 다 사고가 나는 것은 아니다. 다만 지금은 괜찮았으나 언제 죽음의 신이 그들을 불러 갈지 모르지 않는가. 어린 자녀들이 위반이라고 말하여도 "아무도 없어! 괜찮아." 말하는 아빠와 엄마들이 있다. 아무도 안 보다니? 어린아이가 옆에서 보고 있는데도 그런 말을 대수롭잖게 내뱉는다.

살다 보면 힘들고 고단한 일이 생긴다. 돌아가는 길이 더 편리하고 안전한데도 위험을 무릅쓰며 빠른 길로 가려고 한다.

십여 년 전, 어느 지인 부부가 산행에 나섰다가 돌아올 땐 남편 혼자였다. 부인은 하산하는 길에 등산로가 아닌 내리막길로 질러가다 계곡 아래로 굴렀다. 구급차에 실려서 장례예식장에 안치되었다. 무엇이 그리 급했을까.

저녁 미사를 마치고 나오던 며칠 전이었다. 열흘 전 성당 옆 울타리에서 볼일 보던 사람들을 다시 만났다. 술집에서 나오더니 측백나무에 또 세례를 주고 있었다. 저런 게으른 사람들 봤나. 조금만 옆길로 돌아가면 화장실이 있는데도 막무가내다. 이젠 그냥 지나칠 수 없었다. "그 어디에 오줌을 눕니까?" 그들은 힐끗 나를 쳐다보더니 한마디 했다. "뭐, 누가 보는 사람이라도 있습니까?" 보는 사람이라니? 나는 사람이 아닌가. '저기, 보세요. 고양이도 보고 있습니다.' 하고 쏘아주고 싶었다.

측백나무 한 귀퉁이에서 고양이 한 마리가 그들을 쳐다보며 "야옹– 야옹夜翁이–" 하고 소리 지른다. 고개를 숙였던 나무들도 머리를 치켜들면서 "우愚— 우啩— 개 어르신!" 하고 외친다. 바람마저 고개를 절레절레 흔든다.

엄마, 달이 떴어요

엄마!

보고 계십니까?

달이 보이지 않는 밤입니다.

어머니는 겉으로 드러나게 행동하지 않았지요. 어머니는 이글
이글 타오르는 태양보다 어둠을 몰아내는 달과 같았습니다. 어
머니가 왜 달을 좋아하셨는지 미처 몰랐습니다. 사춘기를 보내
며 알게 된 가정사가 어머니의 가슴을 짓눌러 으스름달이 되었다
는 것을 겨우 알았습니다.

어머니는 9남매의 막내딸이었지요. 십육 세의 나이로 십사 세

나 연상인 상처喪妻한 이웃 남자와 결혼하게 된 것은 어머니의 운명運命이었습니까? 아무리 외할머니의 명命이라 한들 전처의 어린 남매가 딸린 가정에…….

달은 어머니의 가슴이었습니다. 어머니는 늘 가슴에 초승달을 품고 살았습니다. 어머니는 보이지 않는 곳에서 눈물로 그림을 그렸지요. 달이 뜨면 그림을 그리기 시작하고, 지고 나면 지워버렸습니다. 지워도 지워지지 않는 어머니의 달이었습니다.

어머니! 진모進模입니다. 동네에서 윷놀이하실 때 그렇게도 불렀던 이름입니다. 윷가락을 던지면서 어머니는 육 형제 여섯 모模 가운데에서도 제 이름을 자주 불렀습니다. "모야- 진모야-" 하면서 말입니다. 그러면 저는 어머니한테 달려갑니다.

달은 어머니의 한恨 맺힌 덩어리였습니다. 어쩌다 동네 잔치나 모임에서 막걸리라도 한잔 마신 날 밤, 어머니의 양쪽 눈에는 은하수가 흘러갔습니다. 어머니는 달 위에 걸터앉았습니다. 어머니는 마르지 않는 강江에서 밤새 노를 저었습니다.

어머니! 저는 못난 아들이었습니다. 중·고등학교 입학식이나 졸업식에 어머니와 동행하지 않았습니다. 손을 내저으며 뛰어가는 아들을 어머니는 골목 어귀에서 보이지 않을 때까지 지켜봤습니다. 어머니는 먹구름에 가려진 그믐달이 되었습니다.

어머니는 보름달에서 반달로, 반달에서 그믐달이 되면서도 늘 저를 지켜주었습니다. 어머니는 제게 등대였습니다. 혹여나 길을 잃을까 봐 보살피면서 당신의 속살이 새까맣게 타들어 가면서도 제 앞길을 비춰준 달이었습니다.

어머니! 저는 아름답게 행동하지 못한 아들이었습니다. 군 복무할 때에도 어머니의 속을 긁은 못난이였습니다. 당신은 그런 아들을 늘 보듬어 준 수호자였습니다.

어머니! 보름달이 떴습니다. 용지봉 봉우리에 걸터앉아 지산골을 내려다봅니다. 아파트 뒷길에 줄지어 선 은행나무들이 겨울을 부르고 있습니다. 막 잠에서 깨어난 노랑나비들이 춤을 추다 도로에 누워버립니다. 가을이 막바지에 접어들며 익어갑니다.

어머니는 달입니다. 어두움을 밝혀주고 저희를 지켜줍니다. 먼 하늘 그곳에서도 빛을 보냅니다. "엄마~!" 하고 부르면 언제 어디서나 달빛처럼 소리 없이 제게 달려올 것 같습니다.

어머니, 기억나십니까? 어머니의 생일은 단옷날이지요. 제가 유일하게 기억하는 가족의 생일입니다. 어느 해, 휴가 오면서 어머니에게 생일 선물로 드린, 조개로 만든 브로치 말입니다. 그것을 옷깃에 단 어머니의 얼굴은 보름달이었습니다.

엄마! 아내가 어머니를 무척 생각합니다. 대봉감 한 상자를 사 왔어요. 어머니가 좋아하신 감이라면서……. 방바닥에 신문지를 깔고 가지런히 놓습니다. 저는 봅니다, 엄마가 하늘나라에서 붉은 웃음을 흘리고 있는 것을.

방 안에 누운 달이 익어갑니다.
밤하늘에 커다란 홍시가 달려 있습니다.
엄마……

가슴에 품은 자물쇠

현관문에 열쇠를 꽂았다. 시계 방향으로 돌리자 문이 열렸다. 벽에 붙어 있는 스위치를 누르자 환하게 밝아졌다. 거실 가운데 달린 여섯 개의 전등 중 하나가 천식 환자처럼 숨을 깔딱거린다. 아내는 작은 방에서 묵주를 손에 쥐고 기도 중이었다.

무슨 내용으로 기도하고 있을까? 한 번도 물어본 적이 없다. 장독대에서 정화수 떠 놓고 북두칠성 쳐다보며 두 손 싹싹 비비던 할머니 모습이 떠오른다. 옥동자 하나 점지해 달라고……. 빈다고 다 이루어지는 건 아닐지언정 뭔가 간구함으로써 작은 위안이라도 얻을 수 있을 테지. 아내는 무엇을 빌었을까.

가끔 수성못을 한 바퀴 돈다. 간단한 공연을 할 수 있는 야외무대가 설치된 곳에서 레이저를 이용한 분수 음악을 즐겨 바라본다. 언제부터인가 무대 난간에 매달린 자물쇠가 눈길을 끌었다. 다정한 연인들이 이곳에서 사랑을 다짐한 후 난간에 매달아 놓곤 잠갔으리라. 하나둘 그렇게 모여들어 열 수 없는 울타리를 만들어간다. 열쇠는 어디로 갔을까?

수성못은 내가 아내에게 사랑을 고백한 장소다. 우리는 서로의 가슴에 자물쇠를 잠그고 열쇠는 만들지 않았다. 어언 40여 년이 넘게 흘러갔다. 그렇게 많은 세월이 지났어도 변한 게 거의 없다.

20여 년 전 아내와 함께 중국 장가계에 갔었다. 워낙 잘 알려진 곳이라서 관광객과 나무들이 뒤섞여 분간이 가지 않을 정도였다. 등산을 목적으로 하는 사람보다 풍광을 보며 즐기는 사람들이 대부분이었다. 정확한 지점은 기억할 수 없으나 어느 산자락 난간에 헤아릴 수 없이 많은 자물쇠가 채워진 채 매달려 있었다. 대개 남녀 한 쌍이 자물쇠를 거기에 걸어두고 잠근 후, 열쇠는 천 길 낭떠러지 아래로 던졌을 것으로 보인다. '저 열쇠를 찾아 이것을 열지 않고서는 헤어질 수 없다.'는 듯이 엄숙한 맹세를 남겼을 것으로 짐작된다.

나와 아내는 서로의 얼굴을 쳐다보다 그냥 돌아섰다. 저렇게 해야만 헤어지지 않을 것인가. 서로 다짐을 하는 것도 좋지만, 무엇이 안 미더워 저러나. 우린 잔잔한 웃음을 자물쇠 대신 매달아 두었다.

우리는 결혼하면서 부모님이 전세로 사는 집 앞의 단칸방에 월세로 살았다. 부엌도 없는, 잠만 자는 그런 방이었다. 방이 좁아 책상도 들여놓을 수 없지만, 숨소리를 아주 가까이에서 들을 수 있어 좋았다.

요즘 젊은이들은 결혼하고 싶어도 엄두를 못 낸다. 취업 준비에 바쁜 세월 다 보내고 겨우 직장을 마련하더라도 함께 살아갈 집이 없다. 아무 곳에나 텐트를 치고 신혼살림을 차릴 수는 없잖은가. 그렇다고 모텔에서 먹고 자겠는가. 이래저래 '혼삶'을 살아가는 젊은이들이 늘어만 간다.

2018년도 출산율은 0.98이며 2019년도는 0.92이다. 2020년 2분기 출산율은 0.84를 기록하고 있다. 갈수록 태산이란 말은 이럴 때 써야 하는가. OECD 국가 중에서 꼴찌다. 농촌에서 어린 아이의 울음소리를 듣기란 감나무 아래 누워 입에 홍시가 들어오기를 기다리는 것만큼 어렵다. 이미 오래전부터 초·중·고등학교가 하나둘 자취를 감추며 대학교까지 문을 닫아야 하는 형편이다. 풀벌레와 잡초가 주인 행세를 하는 시골의 빈집이 늘어만 간다. 머잖아 마을이 사라질 것이라는 걱정이 노인네 주름살처럼 출렁거린다. 이러다 나라가 사라지는 것이 아닌가 하는 생각은 나만의 기우일까.

최근 우리나라의 혼인율은 갈수록 줄어들고 이혼율은 급속도로 불어난다. 걸핏하면 이혼이고, 심지어 황혼이혼까지 등장한다. 수성못이나 장가계에서와 같은 자물쇠 걸어두는 의식을 하지 않아서 그럴까. 열쇠를 찾기 위해 수성못 물을 빼거나, 헤어지기 위해서 그 먼 곳까지 다시 다녀왔다는 이야기는 들은 적이 없다. 함께 살아간다는 것은 무엇을 의미할까. 한때 병들고 힘없는 노인들이 낯선 곳에 버려지더니 어렵사리 얻은 어린아이들마저 유기견 버리듯 나 몰라라 하는 세상이다.

　얼마 전 길을 가다가 '○○노치원'이란 현수막이 걸린 것을 보고 오타인 줄 알았다. 곰곰 생각하니 노인 유치원이란 뜻으로, 요양원 선전 문구였다. 내가 사는 면 소재지에 있는 요양원은 두 손으로 꼽아도 부족할 정도다. 반면에 시립 어린이집이 하나 있다. 그 흔하던 어린이집이나 유치원은 시골에서는 찾아보기 어렵다. 노동력과 경제력을 상실한 고령화 사회가 코앞에 펼쳐지고 있다.

　열쇠를 시계 반대 방향으로 돌리자 찰칵 닫힌다. 가슴이 덜컥 내려앉는 소리다. 돌아서면서 맞은편 집의 문을 쳐다봤다. 디지털 키다. 비밀번호를 누르면 열린다. 우리 집과는 다르다. 열쇠를 잃어버리거나 어디 두었는지 몰라 당황할 일이 없다. 편리한 세상이다. 편리하다고 다 좋을까.

　묵주를 돌리며 노을이 붉게 물드는 수성못을 한 바퀴 돌았다.

엄마의 메아리

　삼십여 년 전, 엄마는 장미공원에 유택을 마련하였다. 4년의 기다림 끝에 아버지를 만나 무슨 말을 나누었을까. '아들딸들이 무탈하며 잘 지내는지……?'

　해가 서산을 넘어갔다. 기다렸다는 듯이 산마루에 초승달이 걸렸다.
　"소 잡는다- 솥 적다."라고 소쩍새가 고함을 질렀다.
　우 씨 아주머니는 잠이 오지 않았다. 때때로 밤하늘의 별을 보면서 잠꼬대 같은 소리를 읊조렸다. 주인집 외동딸 혼수를 마련하기 위해 산 너머로 팔려 간 어린 아들 생각에 속앓이를 하다 보면 먼동이 트곤 했다.

그녀는 자나 깨나 아들 걱정이었다. '친구도 없이 혼자 울고 있지는 않을까. 밥이나 제때 먹고 있는지. 겨울이 다가오는데 방한복이라도 두툼하게 입었는지 모르겠구나. 아비 없는 후레자식이라고 놀림을 받으면 어떡해.' 그녀는 지아비가 누구인지 모른다. 주인이 어느 날 낯선 사내를 데리고 와서 아기를 갖도록 했다. 사랑이 뭔지도 모른 채 그는 미혼모가 되었다.

아주머니가 사는 옆집에 덩치가 큰 총각이 살고 있다. 그는 그녀에게 "당신은 왜 죽도록 일만 합니까? 나처럼 맛있는 것도 제대로 먹지 못하면서……" 하고 거들먹거렸다. 살찐 총각은 하는일 없이 실컷 먹고 시도 때도 없이 잠만 잤다. 밤에 소쩍새가 울면 화답이라도 하듯 "드르릉- 드르릉-" 코를 심하게 골았다. 날이 채 밝기도 전에 깨어나 배고프다며 얼마나 시끄럽게 고함을 지르는지 주인 영감님이 달려와서 먹거리를 몇 바가지 퍼주어야 조용해졌다. 그는 아주머니로부터 핀잔을 자주 들었다. 먹을 때에도 "꿀꿀- 꾸르르-" 마구 소리를 지르고 흘리면서 먹기에 "얘야, 좀 품위 있게 먹으면 안 되겠니?"라고 나무랐다. 그녀는 철저한 채식주의자인데 그는 잡식을 즐기고, 가끔 생선이나 육류를 달라고 떼를 쓰는 꼴이 가관이었다.

우 씨는 전생에 음유시인이었나 보다. 음식을 먹은 후에도 틈만 나면 옹알거린다. 그녀의 소리는 노래가 되고 시가 되어 산 너머로 날아간다. '우리 아들! 어떻게 지내니? 이 오매가 보고 싶지도 않느냐? 낮에는 해님에게, 밤에는 달님과 별님에게 니 안부를 물어 본다.' "보고 싶은 우리 아기야!"라고 불러도 아기로부터 아무런 대답이 없다. 다랑논에서 일하다가도 아들을 불러본다. 간밤에 별님에게 속삭였던 말이 입안에서 맴돌아 일이 손에 잡히지 않는다. '별님! 내 아들은 잘 지내고 있는가요?' 샛별은 동이 틀 때까지 그녀를 지켜보다가 말없이 서산을 넘어갔다.

　주인집 딸 결혼식을 하루 앞둔 날 논일할 때였다. 새참을 가져온 마님께서 하던 말이 그녀의 가슴에 파문을 만들며 맴돌았다. "영감, 내일은 저 녀석을……. 딸아이 혼인 잔치에 써야겠지요." 그녀는 그 말을 듣고서 어찌할 바를 몰랐다. 쟁기를 제대로 끌지 못했다. 한 달 전 주인댁 안방에서 흘러나온 말 "딸 혼수 장만하려면 팔아야겠지요." 그때보다 더 심장이 빠르게 뛰었다. 엉덩이에 채찍이 날아와도 뜨거운 줄 몰랐다. 도대체 누구를 어떻게 하겠다는 것인지 알 수가 없었다. 얼핏 들은 바로는 옆집에 사는 총각을 말하는 것 같기도 했다. 하늘을 쳐다보고, 건너편 산을 바라보면서 "음매- 우리 아가야-." 하고 소리를 크게 내지를 때마다 주인 영감님의 채찍이 거듭 엉덩이에 찰싹 달라붙었다.

　그날 우 씨 아주머니는 밤늦도록 잠을 이룰 수 없었다. 날이 샐

무렵, 산 중턱에서 두견이가 "쪽박 바꿔 주우~."라며 울어댔다. 우 씨 귀에는 "홀딱 자빠졌다~."라고 들려 가슴이 쿵덕쿵덕 방 방이질을 했다. '산 너머로 팔려간 아기가 밥도 제대로 못 얻어먹 고 쓰러졌나. 젖도 옳게 먹이지 못한 나를 얼마나 원망할까. 못된 주인을 만나 학대받지는 않는지. 다른 아이들에게 따돌림이라도 당하면 어이 견뎌낼꼬.' 온갖 상념에 젖다 "음매~ 음매~"라고 크게 소리 지르자 산 너머에서 "오매- 오매-."라며 힘없는 메아리 가 가냘프게 돌아왔다.

옆집이 소란스러웠다. 총각이 이리저리 피하다가 붙잡혔다. 그 녀는 총각의 눈에 맺힌 굵은 이슬방울을 똑바로 바라볼 수 없었 다. 그는 홀딱 뒤집혀졌다. 네 다리를 묶인 채 어딘가로 질질 끌려 갔다. 돼지 멱따는 소리가 한참이나 마을을 쩌렁쩌렁 울리자 해 가 떠올랐다.

"잘 계십니까? 저희들은 편안히 잘 지냅니다. 엄마~." 하고 크 게 불러도 아무런 대답이 없다. 삼성산이 가로막아 넘어가지도, 건너오지도 못하는가. 불현듯 엄마의 메아리가 듣고 싶다.

겨울밤이 얼어붙어 간다. 유리창 바깥에서 바람이 혼자 "우매 ~ 우매~" 울어댄다.

하늘에서 고기를 잡다

　갯바위 낚시에 나섰다. 감성돔이 산란기를 맞아 손맛을 많이 볼 수 있을 것이라는 기대감이 넘쳤다. 한마음이 된 세 사람이 2박 3일 일정으로 '구도'에 내렸다.

　낚시는 준비단계에서부터 신바람이 난다. 채비하면서 대물大物을 낚는 그림을 그린다. 어떤 일을 하든 준비할 때 즐겁지 않으면 마칠 때에도 그러리라. 설령 낚시터에서 고기 한 마리 잡지 못해도 이미 즐거웠으니 누구를 탓하며 원망할까.

　바다낚시는 어종에 따라 채비를 달리한다. 그중에서도 감성돔 낚시는 다른 낚시에 비해 까다롭다. 그만큼 다른 물고기에 비해 예민하다. 미끼를 봐도 섣불리 달려들지 않는다. 더구나 산란기에는 경계심이 강해 작은 발소리에도 멀리 달아날 정도다. 야간에는 불빛만 조금 비쳐도 입질이 끊어진다. 도다리나 고등어 같은 물고기는 먹이를 보면 두말없이 물고 늘어진다. 감성돔, 이 녀석은 그렇지 않다. 미끼를 보고 가까이 다가와도 슬쩍 건드려 본다. 예신豫信이다. 밀당이 몇 차례 반복된다. 그렇게 두세 번 신중하게 탐색을 하고 난 뒤 안심이 된다 싶으면 미끼를 물고 한바다 쪽으로 달아난다. 잽싸게 낚싯대를 들어 올리면 고기와의 당김과 올림이 몇 차례나 반복되면서 발끝부터 머리끝까지 온몸이 짜릿해지는 오르가슴이 찾아온다.

바다 물색이 무척 흐렸다. 우유를 운반하던 트럭이 전복되어 다 쏟아놓은 것 같았다. 그나마 몰(해조류)이 적당히 깔려 있어 감성돔이 산란하기 좋은 장소로 보였다. 틀림없이 40cm가 넘는 녀석들이 우글거릴 거라고 믿었다. 한낮에 달려드는 섬 모기가 극성을 부려도 견뎠다. 내가 좋아서 하는 건 힘들고 괴로움이 따라와도 대수롭지 않게 넘기는 건 나 혼자만의 생각일까.

밀물이 시작되었다. 물색이 어제보다 조금 맑았다. 물이 빠졌다가 들어오면 멀리 떠났던 고기들이 물 따라 몰려온다. 낚시꾼의 발과 손이 바빠진다. 밑밥을 던져 고기를 불러 모은다. 일단 모이면 흩어지지 않도록 수시로 밑밥을 던져준다.

한 시간이 지나도 도무지 입질이 없다. 원하지 않는 잡어雜魚마저 무소식이다. 무슨 고기라도 좋으니 바늘을 물고 늘어지라고 애원해도 반응이 없으니 속만 타들어 간다. 여기저기 낚싯대를 던져 봐도 멸치 한 마리 올라오지 않는다.

이틀째 밤이다. 갯바위 이곳저곳을 왔다 갔다 하느라 체력이 많이 소모되었다. 무릎 관절이 뻐근하다. 발바닥이 화끈거리고 발가락 끝이 아려 온다. 세 사람 모두 지쳤다. 감성돔 한 마리라도 잡았으면 덜 피곤했으리라. 고흥시장에서 사 온 초고추장은 뚜껑이 닫힌 상태로 누워 있다. 반찬으로 가져온 멸치볶음을 안주 삼아 소주 한 병을 비웠다.

도전한다는 건 아름답다. 민물에선 붕어낚시로 시작하여 붕어낚시로 끝낸다는 말이 있다. 바다낚시는 감성돔 낚시에 빠지면 그 손맛을 잊지 못한다. 다섯 번 정도 낚시하러 가면 서너 번은 꽝이다. 더군다나 갯바위 낚시는 위험요소가 따른다. 해조류가 깔린 바위에서 두 번이나 미끄러져 양 무릎에 크고 작은 상처를 입어도 아내에게 그런 사실을 숨겼다. 한여름 목이 말라 탈진 상태에 빠져 죽을 고비를 넘겼어도 별일 없었던 것처럼 아예 말하지 않는다. 하는 일마다 완벽하게 되는가. 다음을 기약하면서 늘 준비하는 마음으로 살아가야지.

밤하늘을 쳐다봤다. 서편으로 미리내가 흐르고 있었다. 대구에 선 별 볼 일 없었던 하늘이었다. 별이라곤 금성 정도를 뚜렷이 봤는데 여기선 별이 너무 많아 그 별마저 어디 있는지 쉽게 찾을 수가 없다. 모든 별을 뿌려 놓아 내 짧은 식견으론 별자리를 구별하지 못하겠다.

눈을 감았다. 바닷속에 있어야 할 물고기들이 죄다 하늘로 올라갔나 보다. 은하수 옆으로 크고 작은 고기들의 눈망울이 보석처럼 빛난다.

미리내가 출렁거린다. 두 눈을 부릅뜨고 노려봐도 보이지 않던 찌가 춤을 추고 있었다. 여기저기서 물고기들이 입질을 해댔다. 별똥별이 꼬리를 늘어뜨리며 날아간다. 감성돔이 물었나. 힘껏 낚아챘다. 대물이다! 별들이 내 가슴에 안겼다. 온몸이 짜릿하다. 무인도의 밤은 그렇게 무르익어 어느덧 새벽이 찾아왔다.

어떻게 보내요

　어제 두 동생이 가톨릭병원으로 항암 치료를 받으러 간다는 전갈을 받았다. 손아래 동생은 폐암 판정을 받은 지 5년이 지났다. 그리고 남자 형제로선 막내인 넷째 동생이 첫 항암 치료에 들어간다. 보름 전에 '뇌경색'으로 입원했었는데 그게 문제가 아니었다. 이미 폐암이 와 있었고, 다른 장기에까지 전이되어 힘들겠다는 의사의 소견이 가슴을 뒤흔들어 놓았다. 평소에 다른 어느 형제들보다 운동을 열심히 해왔고, 건강관리에 많은 신경을 쓴 막내였다. 담배 끊은 지 20여 년이 넘었으며. 혈압에 좋지 않은 음식은 가려 먹었다. 다른 형제들에 비해서 술도 즐기지 않았다. 그런 동생에게 폐암이라니……

아버지는 3남 4녀 중 다섯째로, 여동생이 둘이었다. 나로 봐선 큰아버지 두 분에 고모가 네 분인 셈이다. 큰아버지와 고모들은 하나같이 예순 살을 채 넘기지 못하고 고혈압(중풍)으로 세상을 떠나셨다. 아버지께선 오십 대 후반에 첫 번째 풍을 맞았다. 한두어 달 누워 계시다가 어느 한의사의 침을 맞고 자리에서 일어나셨다. 그 후 일흔여섯 살 생신을 앞두고 두 번째 바람을 맞고는 돌아가실 때까지 5년 동안 누워서 지내다가 여든한 살에 하늘나라 먼 길을 떠나셨다.

우리 형제들은 나이 쉰 살 전후가 되면, 혈압에 대해 많은 신경을 쓴다. 두 큰아버지 집안의 사촌 형 중에는 벌써 고혈압으로 세상을 떠난 분이 세 분이다. 하지만 내 형제들은 저마다 혈압에 관계된 약들을 꾸준히 먹어 온 덕인지 지금 8남매가 모두 살아 있다. 올 연말이면 회갑을 맞는 막내는 몇 가지 건강 요법을 하면서 혈압이 거의 정상으로 돌아왔다며 어느 날부터 약을 먹지 않았다고 했다. 집안 병력인 고혈압이 폐암으로 옮겨 간 것일까?

닷새 전, 막내가 입원한 병실에 갔을 때, 말을 제대로 하지 못해 종이에 '암 조심'이라고 적더니 울음을 길게 토해냈다. 분노의 울음이었을까. 어쩌면 미안하고도 고맙다는 부르짖음이었을까. 그 쪽지가 주위에 서 있던 우리 형제들의 심금을 마구 흔들어 놓았다. 마치 사냥꾼에 쫓기다 벼랑 끝에 서서 울부짖는 늑대의 울음

소리처럼 들렸다.

바로 밑 동생이 폐암 중증이라는 담당 의사 선생님의 이야기가 지금도 귓가에 맴돈다. 올해를 넘기기 어려울 것이라는 사형선고! 몹시 망설이다 동생에게 그대로 이야기했다. 마지막을 준비하자는 내 생각이었다. 먹고 싶은 게 있으면 먹자, 가고 싶은 곳이 있으면 가자고 얘기했다. 그래서 그해 설은 모든 형제가 울진 백암온천에서 지냈다. 그 동생은 평소에 그토록 말렸는데도 끊지 못하던 담배와 헤어졌다. 술은 그렇지 못했다. 매일이다시피 소주 한 병꼴로 마셔댔다. 한 달에 한 번씩 CT 촬영을 하고 건강 상태를 점검받고 와서 하는 말이 호전되고 있다는 이야기였다. 그래서 "암세포도 술에 질렸나 보다. 그것 참!" 하면서도 더는 무어라 말을 할 수가 없었다.

병실을 나설 때, 따라 나온 막내 계수 씨가 "어떻게 보내요?" 하던 말이 뿌옇게 흐려진 자동차 앞 유리창에 끼어서 내 집 거실에까지 따라왔다. 그래, 어떻게 보내야 할지 지금은 나도 모르겠다.

막내가 고등학교를 졸업하고 재수할 때였다. 공부도 좋지만 지친 심신을 달래자면서 그해 여름 함께 지리산 종주 등반을 떠났다. 백무동 하동바위에서 1박을 하고 새벽에 출발하여 천왕봉 정상에서 다시 장터목으로 내려왔다. 세석산장을 지나 벽소령을 거쳐 노고단을 향하여 쉴 새 없이 능선을 따라 달렸다. 38km를 내달린 끝에 노고단에 이르렀다. 어둠살이 끼면서 비가 내린다. 더 이상 앞으로 나아갈 수가 없었다. 산장 곁에 텐트를 치고 캔 맥주를 마셨다. 그 맛은 세상 무엇과도 바꿀 수 없는 기막힌 풍미였다. 막내와 함께한 처음이자 마지막 산행이었다.

때로는 어리광을 부리기도 하고, 때로는 투정을 부리기도 했다. 그러면서도 올곧게 자라준 막내……. 반세기 넘게 함께했던 많은 세월의 흔적들이 거실 통유리에 어른거린다. 유리 한가운데에 막내가 쓴 '암 조심'이란 글자와 동생의 파리한 얼굴이 함께 겹친다. 5년을 버티어 낸 동생처럼 막내도 그렇게 되었으면 얼마나 좋을까? 두 동생의 얼굴이 유리창에 엉겨서 누가 누군지 쉽게 알아볼 수가 없다.

왜 이리 눈이 아려올까?

어머니 아버지 먼 길 떠나던 날
그때에도 흐르지 않던 눈물방울이
유리창에서 흘러내린다.

눈을 뜰 수가 없다.

2
카페 37.5℃

오늘도 카페 37.5℃ 잔디밭엔
예쁘장한 애견 몇 마리가
신나게 뛰어다닌다.

재롱이를 찾습니다

요즈음 개들은 상팔자다. 동물 전문병원의 단골 고객이다. 참, 개들이라고 했다간 깨물리는 수가 있다. 애완견이라고 하다가 반려견으로 격상된 그들을 두고 개××라 불렀다간 무슨 봉변을 당할지 모른다.

한 사내의 죽음이 가슴을 아프게 한다. 경기도 고양시 일산의 어느 아파트 화단에서 미국으로 입양됐던 '필립(42)'이라는 사람이 숨진 채로 발견됐다. 14층 옥상에서 자유로운 먼 하늘로 날아오르려다 땅바닥으로 굴러 떨어졌나. 열 살 때 미국으로 입양된 그는 27년 만인 2012년 한국으로 추방됐다. 양부모가 필립의 시민권 획득 절차를 밟지 않아 국적 없는 사내로 지냈다. 2001년 입양과 동시에 미국 시민권을 취득할 수 있도록 법이 개정됐다. 그 이전에 입양된 사람들은 '무국적자'가 되었다. 지금도 약 25,000여 명 정도의 한국에서 온 입양아가 시민권 없이 살아간다.

강제 추방된 '필립'의 삶은 녹록지 않았다. 국적은 회복됐으나 한국은 그의 '고국'이 아닌 '타국'이었다. 말이 통하지 않았으며, 아는 사람도 없었다. 문화적 차이를 극복하고 한국 생활에 적응하기도 어려웠다. 어느 해에는 정신병원에 강제로 끌려가 정말 미치광이로 살았다. 출생가정, 입양가정, 다시 찾은 한국 사회까지 '세 번의 버림'을 받은 그가 선택할 수 있는 건 쉽지 않았다. 죽음만이 그가 살아갈 수 있는 유일한 방편이었을까.

길거리를 걷다 보면 전봇대나 눈에 잘 띄는 벽면에 나붙은 종이를 본다. 아주 정성스럽게 쓴 글씨와 사진까지 곁들인, 반려견을 찾는다는 내용이다. 거기엔 '후사하겠습니다'란 말과 함께 연락처가 기재되어 있다. 반갑고 참 좋은 현상이다. 가족처럼 살아온 개를 알뜰살뜰 찾고 있다는 문구에 가슴이 따뜻해진다.

반려견이 병들면 병원에 데려간다. 치료비가 만만치 않다. 보험 적용도 되지 않는다. 차라리 죽도록 내버려 두거나 버리고 새로 사는 것이 경제적일 수 있다. 함께 살아온 정 때문일까? 온갖 정성을 쏟는 보호자를 보면 대견하다는 생각이 든다. 그 개들은 가족의 한 구성원이었음에 틀림없다. 키우던 반려견이 죽으면 식음을 전폐하는 사람들-주로 아이들이지만-도 있다. 심지어 화장을 하여 납골당 같은 곳에 고이 모시는 경우도 보게 된다.

우리나라는 가장 오래된 입양 송출국 중 하나이다. 어떻게 보면 어린아이들을 수출하는 것 같은 느낌이 든다. 아이들이 남아돌아 해외로 입양되어 가는 것이 아니다. 예전에는 먹고살기가 힘들어서라고 말할 수도 있으리라. 오늘날 전 세계에서 한국의 출생률이 거의 금메달감이다. 해마다 입학생이 줄어들어 폐교하는 학교가 늘어난다. 그런데도 아이들을 해외로 보낸다. 예전에 비해 줄어들고 있는 건, 사실 태어나는 아이가 적기 때문이 아닐까. 미혼모가 낳았든, 어떤 사정으로 버림을 받았든 그 아이들도 엄연히 한국인이다. 이 땅에 살아오면서 끈질기게 이어져 온 핏줄이다, 핏줄은 무엇으로도 끊을 수 없는 매듭이 아닌가.

잃어버린 개를 찾는다는 현수막이 바람에 펄럭인다. 반면에 입양되어 간 아이를 찾는다는 현수막은 구경할 수 없다. 오히려 외국으로 입양된 아이가 자라서 친부모를 찾는다는 사연이 신문이나 방송에 더러 나온다. 그들이 이 땅에 다시 와서 태어날 때처럼 울부짖어도 생모는 그 소리를 듣지 못한다. 아니, 듣고도 귀를 막고 있는지도 모른다. 입양 보냈던 기관에서 협조하지만, 부모에 대한 정보가 거의 없다. 겨우 아이의 이름이나 생일이라도 제대로 기재되어 있으면 다행이다.

결자해지結者解之란 말이 있다. 잃어버렸거나 집 나간 개들은 열심히 찾는데, 아이들은 어떠한가? 잃어버린 아이는 그런대로 찾으려고 애쓰지만 입양되어 간 아이는 찾을 생각을 않는다. 부모를 찾는다고 애타게 울부짖어도 모른 척한다. 이제라도 친부모가 아이를 찾는다는 쪽지나 현수막을 봤으면 좋겠다. 그들이 오랜 세월을 뛰어넘어 서로 만날 수 있다면 얼마나 좋을까.

얼마 전에 내가 사는 동네에 한 동물 전문병원이 문을 열었다. 수술실은 물론이고 입원실에다 객실까지 마련된 엄청 큰 호텔 같은 대형 동물병원이다. 그 앞을 지나갈 때마다 길거리에서 펄럭이던 현수막이 눈에 아른거린다. 내 마음속의 문장과 겹쳐서 달리 보인다.

"재롱이를 찾습니다. 후사하겠습니다."

저도 아기를 갖고 싶어요

제 이름은 '차순'입니다. 거주지는 수성구 지산동 지산천주교회입니다. 주민등록번호는 물론이고 주민등록증도 없습니다. 출생신고를 하지 않아서 아버지, 어머니가 누구인지 알지 못합니다. 아예 족보 같은 것도 없어요.

지난해, 주임신부로 부임하신 김 신부님을 따라 이곳에서 살게 되었습니다. 원래 살던 곳은 동촌역 어디쯤으로 기억되는데, 집은커녕 정확한 동네도 알지 못합니다. 한 2개월 정도 된 어린 나이에 신부님을 따라왔으니까요. 새로 부임하신 신부님 못잖게 저는 신자들로부터 많은 사랑을 받았습니다.

참, 제가 왜 '차순'이냐고요? 신부님께 입양될 때, 티베트 원산으로 한국엔 중국 사자개라고 알려진 '차우차우'의 손녀쯤으로 소개가 되었던 것 같아요. 계집애라고 '순' 자를 붙여서 '차순'이라고 불린 것이지요. 제가 사는 집은 당나귀도 들어갈 정도로 커다랗습니다. 시중에 파는 그런 집이 아니라 특별히 맞춤으로 지은 집입니다. 혼자 살기엔 너무 큰 집이에요. 아마 사자개 새끼라고 그런 집을 마련해 준 것 같습니다. 하지만 자라면서 저는 사자개의 손녀가 아니란 걸 알게 되었습니다. 그저 평범한 잡종견이지요. 어쩌면 진돗개 핏줄이 조금 섞였는지도 모릅니다. 제 몸집이 진돗개 정도밖에 안 되거든요.

저는 성당에서 많은 사람을 만납니다. 사람들은 오면가면 저를 "차순아~"라고 목을 길게 빼면서 부릅니다. 그러면 저는 꼬리를 흔들며 앞발을 들고 인사합니다. 제가 제일 좋아하는 남성은 '리카르도'라고 불리는 머리카락이 하얀 사람입니다. 나이가 한 칠십 전후로 여겨집니다. 그는 제게 새끼손가락보다 가는 빼빼로 같은 과자를 간식으로 가져다주는데 엄청 맛있어요. 자주 자동차를 타고 오는데 엔진과 차바퀴 소리만 듣고도 그가 오고 있다는 걸 알아챕니다. 저는 곧장 일어나 앞발과 뒷발을 쭉 벌리면서 '쭉쭉이'를 합니다. 그게 저의 반갑다는 인사랍니다.

토요일 오후 네 시 미사 시간에 아이들이 많이 옵니다. 백여 명 조금 넘는 것 같아요. 미사가 끝나면 아이들에게 간식을 주는데

제가 먹는 간식하고는 차원이 다른 성싶어요. 양도 저보다 많고요. 그런데도 아이들은 그걸 다 안 먹어요. 채소 샐러드, 어묵, 어떨 때는 치킨도 있어요. 어떻게 아느냐고요? 저야 워낙 후각이 발달해 있잖아요. 주방에서 백숙이나 찜닭 만드는 냄새가 풍기면 저는 어쩔 줄 모르고 코를 벌름거리며 정신없이 이리저리 왔다 갔다 합니다. 참으로 환장할 노릇입니다. 제가 먹는 것은 딱딱한 음식입니다. 정말 맛없어 먹기 싫지만 어떡해요. 저도 고기 좀 먹어 봤으면 좋겠어요.

성당에 다니는 사람들의 이름은 이상해요. 세례명이라면서 발음하기 힘든 사람들이 많아요. '펠리치타스', '스텔라 스티카', '프란치스코 하비에르' 정말 발음하기도 힘들지만, 기억이 잘 안 돼요. 최근에 오신 수녀님은 '뻬루○○○'라나. 저는 그냥 '뻬- 수녀님'이라고 부른답니다.

성당에는 남자들보다 여자들의 수가 넘쳐요. 젊은이보다 나이 지긋한 분들이 더 많고요. 부인들 중에 저를 끔찍이도 사랑해주는 분이 있어요. 수산나라고 하는 중년의 여인인데 저를 자식같이 챙겨줍니다. 아침마다 밥그릇에 배합사료를 듬뿍 담아주고, 깨끗한 물을 가득 채워줍니다. 해가 지기 전에 저는 수산나 아줌마와 함께 산책하러 나갑니다. 늘 다니는 길이지만 전봇대 밑에 오줌을 찔끔 싸 둡니다. 제가 지나갔다는 표식이자 영역을 나타내기도 합니다. 혹 길을 잃어버릴 경우 그 냄새로 찾아올 수가 있답니다. 동네를 한 바퀴 돌다 보면 저보다 어린 수캐들이 뒤따라오기도 합니다. 수캐들은 저만 보면 왜 그리 사족을 못 쓰는지 쉽게 이해가 안 갑니다.

한 달 전에 제게 친구가 생겼어요. 저보다 덩치가 조금 큰 남자친구예요. 뭐 그렇게 잘생긴 용모는 아니지만, 마음 씀씀이가 고운 것 같아요. 가출했는지, 주인으로부터 버림받았는지 그의 이름도 알 수 없어요.

처음 본 그날부터 녀석은 나에게 눈도장을 단단히 찍어 두었습니다. 어딘가 듬직해 보이는 그가 싫지 않았습니다. 내가 사는 집 앞에 웅크리더니, 먹다 남긴 음식을 깨끗이 먹어치웠습니다. 무척 배가 고팠나 봅니다. 수산나 아줌마가 "그놈 참 먹성이 좋구나." 하면서 더 주기도 했습니다. 다음 날부터 제 밥그릇에 함께 머리를 맞대고 먹었습니다. 부부가 겸상하듯 그는 제 기둥서방이 되어 즐겁게 식사합니다. 밤이면 제가 사는 집 마당에서 그는 가끔 "커엉- 컹컹-" 하고 짖습니다. 어찌 보면 동네 처녀가 시집간다고 외치는 "하암 사려~"라는 소리로 들립니다. 그래서 그런지 그렇게 뒤따라 다니던 수캐들이 보이지 않게 되었습니다.

그는 경호원처럼 제 곁을 떠나지 않습니다. 그는 목줄로부터 자유롭습니다. 아줌마와 함께 산책할 때면 그는 앞뒤로 왔다 갔다 하면서 저를 지켜줍니다. 아이들이 막대기를 들고 건드리려고 해도 짖거나 대들지 않아요. 그저 방어자세만 취할 뿐입니다. 저는 집 앞 느티나무 그늘에서 낮잠을 즐기기도 합니다. 그렇게 낮잠을 자다가 눈을 떠보면 그가 보이지 않을 때가 있습니다. 제가 잠이 든 사이에 그는 어딘가를 급히 다녀오나 봅니다. 숨을 헐떡이며 돌아온 그에게 어디 다녀오느냐고 물어도 그는 아무런 대답이 없습니다. 그의 눈빛을 보면 뭔가 애타게 찾다가 온 것처럼 보입니다. 예전에 살던 집이나 동네를 헤매다 왔을지 모릅니다. 그렇게 돌아온 뒤에는 땅바닥에 엎드려 흙을 파헤치곤 합니다. 문자를 보내는지 지우다가 또 씁니다. 괜히 제 마음도 쓰라립니다. 밤이 되어도 그가 제 침실 앞에서 밤새도록 지켜주니까 외롭다거나 무섭지 않습니다.

저는 아직 처녀입니다. 얼마 전까지만 해도 동네에 사는 몰티즈, 발바리 같은 놈들이 제게 찾아와 사귀자고 꼬리 친 적이 있습니다. 덩치가 제 반도 안 되는 녀석들이 내 엉덩이에 코를 가져다 대잖아요. 저는 참을 수 없어 뒷발로 걷어차 버려요. 용모를 보고 선택하는 것은 아니라지만 그래도 어느 정도 궁합은 맞아야 하지 않겠어요. 그 녀석들은 지금의 남자 친구가 생긴 이후부터 제 앞에 나타나질 않습니다. 제가 그의 곁에 누워 있어도 그는 내게 스킨십을 하지 않습니다. 너무 점잖아요. 그의 입 언저리를 제가 핥아주기도 합니다. 그래도 그는 별 반응이 없어요. 글쎄, 이 친구 우리 신부님처럼 살아가는 것일까요? 저를 안아 줄 생각을 하지 않아요,

산책하다 보면 어린 강아지를 볼 때가 있습니다. 참 귀엽고 사랑스럽습니다. 저는 그럴 때마다 곁에 따라오는 그 친구를 쳐다봅니다. 그는 표정에 아무런 변화가 없습니다. 저도 족보 있는 아기를 갖고 싶어요.

덕순이의 죽음

아카시아 꽃이 피면 덕순이가 생각난다. 아카시아 꽃향기가 코 끝에서 한참이나 머문다. 그녀가 묻혀 있는 언덕의 아카시아도 초파일 연등처럼 하얀 불꽃을 피운다. 그녀가 웃고 있다.

강아지 한 마리를 청도 5일장에서 데려왔다. '덕순'이라고 이름 지었다. 궁도장이 '관덕정'이어서 '덕' 자에 계집을 뜻하는 말로 '순'을 붙였다. 덕순이는 보기보다 영리했다. 활터를 관리하는 아주머니의 정성을 먹으며 자랐다. 아주머니에게 보답이라도 하듯 온갖 애교를 부렸다. 막내딸처럼 졸졸 따라다니며 곁을 떠나지 않았다. 사우(활을 쏘는 동호인)들도 덕순이를 좋아했다. 덕순이는 사우들과 일반인을 기가 막히게 알아봤다. 우리에겐 꼬리를 흔들고 일반인이 궁도장에 들어오면 으르렁거리며 밥값을 했다. 사람을 물고 늘어지는 일은 없었다. 대여섯 달가량 지나자 성견이 되었으나 그 크기는 고양이보다 조금 더 컸다. 털 색깔은 토종 개처럼 누렁이였다.

덕순이가 첫 생리를 했다. 아랫동네에 사는 수캐 서너 마리가 올라왔다. 그들은 경쟁적으로 그녀의 엉덩이에 코를 들이밀며 따라다녔다. 그놈들 중에 검은 털이 군데군데 얼룩진 개가 그녀의 마음을 사로잡았다. 그녀와 덩치가 비슷한 검둥이는 뒷다리 한쪽을 약간 저는 장애 견이었다.

그 녀석이 어떻게 덕순이의 마음에 들었는지는 알 수 없다. 그 녀석은 밤낮없이 그녀의 곁을 떠나지 않으며 뭐라고 고백하여 선택되었는지 모른다. 그는 그녀의 보디가드다. 다른 개가 그녀 곁에 오지 못하도록 밤낮으로 지킨다. 그녀도 다른 녀석들이 가까이 오면 으르렁거리며 마구 화를 낸다.

어느 날, 그녀의 유두가 핑크빛으로 변해가고 있었다. 어느새 검둥이와 덕순이가 어딘가로 신혼여행을 다녀왔나 보다. 책임지라고 닦달을 하지 않았는데도 그 후 검둥이는 보이지 않았다. 덕순이는 한 달이 다 되어 가도록 입덧이 없었으나 점점 배가 불러오고 행동이 둔해졌다. 유두 색깔이 변하고 7주쯤 지난 어느 날

출산을 했다. 전문 병원에 가지 않고도 암캐 세 마리, 수캐 두 마리를 낳았다. 그녀는 첫 출산인데도 엄마의 역할을 잘 해냈다. 새끼들은 무럭무럭 잘 자랐다. 두 달이 지나자 한두 마리씩 분양되어 갔다. 그녀는 새끼들이 하나둘 떠나가도 눈물 한 방울 흘리지 않았다. 아기들의 머리를 혀로 한두 번 핥아주곤 돌아섰다. 아기들이 떨어지지 않으려고 끙끙대도 덕순이는 못 본 체했다.

가끔 먹다가 남긴 돼지갈비를 덕순이에게 가져다주었다. 그녀는 온종일 그것을 핥고 빨면서 뼈다귀가 하얘지도록 가지고 놀았다. 음식을 가리지 않고 아무것이나 잘 먹었다. 가끔 가져다주는 고기류나 뼈들은 별미였다. 아주머니나 사우들이 주는 먹이 외에는 거들떠보지 않았다.

그해 5월이었다. 덕순이가 두 번째 서방님을 맞이할 채비를 하고 있었다. 아카시아 꽃향기가 휘날리고 덕순이의 몸 향기가 산자락을 뒤덮었다. 아랫동네에 사는 수캐 몇 마리가 모여들었다. 그녀는 으르렁거리며 그 누구에게도 몸과 마음을 허락하지 않았다. 아마도 다리를 절던 검둥이를 기다리는 눈치였다. 개들은 한번 맺은 서방님을 잊지 못하나 보다. 검둥이는 끝내 나타나지 않았다. 다른 수캐들은 덕순이의 엉덩이에 코를 들이밀다가 발길에 차이면서 쫓겨났다. 닭 쫓던 개처럼 하늘만 쳐다보는 수캐들이었다.

어느 날이었다. 풍채 좋은 수캐 한 마리가 나타났다. 궁도장 아래 승마장에 사는 중국 사자개라고 알려진 '차우차우'였다. 그는 덕순이에 비해 엄청나게 큰 개였다. 어슬렁어슬렁 다가와서 그녀의 엉덩이를 살피더니 아무 말도 없이 뒤에서 덕순이를 끌어안았다. 그녀는 고꾸라져 일어서지도 못했다. 그놈의 거시기가 나바론의 포신처럼 들락날락 허공을 찌르고 있었다. 덕순이는 쓰러져서 숨이 막히는지 캑캑거렸다. 활을 내던 나는 그놈에게 고함을 질렀다. "야! 이놈아- 상대를 보고 건드려라." 보다 보다 못한 나는 막대기를 휘둘러 그놈을 쫓아냈다. 그 녀석은 힐끔힐끔 쳐다보다가 승마장 쪽으로 내려갔다.

다음 날 오전, 나는 덕순이의 부고장을 받았다. 아주머니의 말에 의하면 한밤중에 누군가의 거친 숨소리와 덕순이의 비명이 들렸는데, 잠시 후 조용해지더라는 이야기였다. 덕순이가 목에 피를 흘리고 죽어 있었다고 했다. 간밤에 '차우'란 녀석이 다녀간 모양이었다. 그 녀석은 그녀의 목덜미를 꽉 물고는 말했겠지. "너를 사랑한다."라고. 그녀는 그놈의 청을 끝까지 거부하다 죽임을 당했다. 덕순이는 첫사랑 검둥이를 생각하면서 죽어갔을까.

미친개는 몽둥이가 약이라고 떠들기도 한다. 사람들은 걸핏하면 개만도 못하다는 말을 예사로 내뱉는다. 미친개만도 못한 사람에게는 무엇이 약일까. 사랑이라는 이름으로 데이트 폭력이 횡행하여 크게 다치거나 죽어가는 사람들이 늘어나고 있다. 부부 사이에, 부모와 자식 사이에서도, 형제자매 간에도 폭력과 살인이 판을 치고 있다. 세상이 개만도 못한 개판이다.

올해도 어김없이 아카시아 꽃이 피었다. 덕순이가 잠들어 있는 언덕의 아카시아도 초파일 연등처럼 많은 꽃을 달았다. 그녀가 웃으며 하얀 향기를 날리고 있었다.

골목길

동네에 바람이 불었다. 대들보가 흔들리고 지붕이 내려앉는 집도 생겼다. 골목에 집들이 들어선 이후 처음 있는 일이었다.

대구시 신천동 3가에 살았다. 내가 살던 동네는 지금 'e편한 세상' 대단위 아파트 단지가 들어서서 예전의 모습은 간데온데없이 사라졌다. 일제 강점기에는 논밭으로 창고가 드문드문 있었던 동네다. 강 건너 삼덕동이나 동인동 같은 소위 성내 사람들이 싸댄 똥오줌을 동네 밖 밭에 버리는 곳이라고 했다. 광복 후 강 안쪽에 살지 못하는 가난한 사람들이 방 두 칸 정도의 슬래브 집이나 창고를 쪼개어 다가구주택처럼 사는 경우가 대부분이었다.

한국전쟁을 겪으면서 피란민이 모여들어 여기저기 작은 마을을 이루었다. 동네에서 조금만 벗어나면 논밭이었다. 수성교에서 수성못까지 넓은 논이 펼쳐졌다. 그 가운데가 지금의 들안길이다. 이상화의 '빼앗긴 들에도 봄은 오는가?'의 현장이다. 어릴 땐 그런 걸 알지 못했다. 그저 메뚜기를 잡아 병 안에 넣느라 해 지는 줄도 모르고 살았다.

동네 바로 앞엔 코오롱 나일론 공장이 있었다. 공장 뒤편에 있는 넓은 뽕밭이 봄과 여름 사이 우리의 놀이터였다. 봄이면 참개구리를 잡아 뒷다리를 꺾어 불에 구워 먹었다. 해 질 녘엔 멋진 구경거리가 있었다. 뽕나무 가지가 꺾이어 터널처럼 된 곳은 우리가 즐기는 좋은 구경거리였다. 그곳은 청춘 남녀의 밀회 장소로 자주 이용되었다. 우리들은 먹이를 노리는 고양이처럼 살금살금 기어간다. 포복훈련을 배우지 않아도 본능적으로 움직였다. 가까이 다가갈 무렵 누군가 "히히이익—" 하고 이상한 웃음을 짓는 바람에 옳게 구경도 못 한 채 죽으라고 도망쳤다.

1959년 9월 추석날 아침, 사라호 태풍이 지나가자 동신교 나무다리가 떠내려갔다. 수성교를 건너 먼 길을 돌아 동인초교까지 달렸다. 물이 빠지면 동전 한두 닢을 주고 말 달구지를 타고 강 건너편으로 갔다.

신천은 또 다른 우리의 놀이터였다. 큰물 지고 나면 수영도 하고, 밤이면 횃불을 밝혀 반두로 고기를 잡는 재미가 쏠쏠했다. 한

여름 밤엔 강가의 자갈밭을 편편하게 만들어 집에서 담요 같은 걸 가지고 와 별과 함께 잠들었다.

어른들은 어른들대로 사이좋게 지냈다. 동네 입구에 있는 개가죽나무 아래에서 막걸리를 마셔가며 장기를 두거나 바둑을 즐긴다. 아내들은 집 안에서 아이들을 돌보면서 정신없이 일했다. 먹을 것이 풍족하지는 않았으나 인심은 좋았다. 대부분 집은 밤에도 대문을 잠그지 않고 열어 두었다. 도둑이 들지 않았다. 들어와 봐야 가져갈 게 없어서 그랬는지 모른다. 새벽이면 동신교나 수성교 아래에 사는 동냥아치들이 제집 드나들듯 한다. 그러면 어머니는 두말없이 김치 같은 걸 내어주고, 식은 밥이라도 있으면 깡통에 담아 주었다. 평화롭고 따스한 바람이 감싸는 동네였다.

고등학교 3학년 진급을 앞둔 무렵이었다. 동네에 몹쓸 바람이 불었다. 우리 집 앞뒷집에 사는 몇몇 가정에 불청객이 찾아왔다. 처음에 나는 어떻게 그런 일이 일어났는지 상상이 되질 않았다. 더구나 가장 친한 친구인 덕이네 엄마까지 그럴 줄은 몰랐다. 덕이 엄마를 비롯한 동네 아주머니 서너 명이 그 바람에 춤을 추느라 동네가 발칵 뒤집혔다. 그 바람이 우리 동네에 어떻게 불어왔는지는 지금도 모른다. 친구 엄마는 쫓겨났는지 스스로 집을 나갔는지 그것마저 나로선 알 수 없다. 집안 살림은 친구의 바로 밑 여동생 경이가 고등학교도 진학하지 못하고 도맡았다. 공무원이던 덕이 아버지는 그전부터 약주를 즐기셨는데, 이젠 아예 술독에 빠져 사는 형편이 되었다. 친구가 고등학교를 겨우 졸업한 직후 그의 아버지는 뇌종양으로 수술을 받았으나 몹쓸 바람이 다시 올 수 없는 먼 곳으로 데려갔다.

춤바람은 태풍이었다. 뒷집에 사는 홍이 엄마도 바람이 지나간 뒤 그 모습을 다시 볼 수 없었다. 쫓겨났다는 말이 들리는가 하면, 어느 날 밤 스스로 집을 나갔다는 이야기가 바람처럼 동네를 휩쓸고 다녔다. 어느 게 사실인지 알 수 없다. 그 바람을 맞은 집들은 휘청거렸다. 바람이 지나간 집은 온 가족의 얼이 빠졌다. 어머니를 잃은 아이들은 엄마가 빨리 돌아왔으면 하는 바람으로 살았으나 끝내 돌아오지 않았다.

평화로운 동네에 불어닥친 바람은 인정사정이 없었다. 태풍이 한바탕 휩쓸고 지나간 뒤 겉으로는 이내 평온을 되찾았다. 하지만 몇몇 집에 남기고 간 상처는 쉽게 아물지 않았다. 그 바람은 우리가 바란 그런 바람이 아니었으나 이제 그곳을 지나치려면 떠오른 기억들이 그래도 아름다웠다. 거기에 살았음은 알게 모르게 내게 삶의 의미를 일깨워 준다. 어떻게든 사람은 살아간다는 극히 평범한 진리를 본 골목길이었다.

카페 37.5℃

십오 년을 함께 살아오면서 처음 겪는 일이었다. 퇴근하여 집에 들어서면 귀엽게 달려오던 녀석이 본체만체였다. "막둥아-" 하고 불러도 꿈쩍도 하지 않았다. 어떤 때엔 우유나 신문 배달원에게는 아양을 떨면서 나에게는 으르렁댄다.

젖도 덜 떨어진 녀석에게 우유를 먹이면서 키웠다. 아마도 그 아이는 나를 엄마인 줄 알았나 보다. 안아주면 내 손가락을 핥았다. 머리를 쓰다듬어 주면 좋아서 어쩔 줄 모르는 철부지였다. 떼어 놓으려면 떨어지기 싫은지 칭얼대어서 다시 안아주곤 했다. 막둥이는 족보도 없는 스피츠 혈통의 잡종 수컷이었다.

대구한의대 가는 교차로 입구 좌측에 '카페 37.5℃'가 홀로 앉아 있다. 지나칠 때마다 어떤 곳인가 궁금하여 별 생각이 다 들었다. 코로나19 이후 체온이 37℃만 넘어도 신경이 곤두서는 판국에 무슨 연유로 저런 상호가 문을 열었을까. 승용차로 오며 가며 자주 시선이 꽂혀 언젠가 한 번쯤 들러야겠다는 마음이었다.

지난 토요일 오후 그곳을 찾았다. 머리카락이 하얀 사람이라곤 나 혼자였다. 거의 다 이삼십 대의 젊은 사람들이었다. 그들은 혼자가 아니었다. 푸들이나 몰티즈, 비숑 그리고 요즈음 보기 힘든 스피츠도 보이고 웰시 코기는 짧은 다리로 인조 잔디를 뛰어다녔다. 개판이 아니라 개 천국이다. 사람들도 개들도 모두 평안해 보이고 즐거워하는데 구석진 곳에서 나만 멋쩍게 카페라테를 홀짝거리며 그들을 가만히 훔쳐본다.

견주와 반려견이 함께 어울리는 사교장이었다. 아빠 발치에서 함께 뛰어놀자는 듯 갈색 푸들이 연신 폴짝폴짝 뛰어오른다. 엄마 품에 안겨 옹알거리는 스피츠는 다른 아이에겐 눈길도 주지 않는다. 하얀 드레스를 멋지게 걸친 비숑과 몰티즈는 몸매를 자랑이라도 하는 듯 모델처럼 걸음을 사뿐사뿐 옮긴다. 웰스 코기는 혼자서 이리저리 바쁘게 뛰어다닌다. 이빨을 드러내어 으르렁대는 아이는 없다. 아이들을 바라보는 견주들의 눈빛이 어쩌면 그리도 사랑스러울까. 사람과 동물과의 차별이 아니라 따뜻한

정으로 얽힌 가족이었다. 푸들이 다가왔다. 내미는 내 손에 코를 가까이 대어보곤 꼬리를 흔든다. 친구로 생각한 것일까. 그의 머리를 쓰다듬고 목덜미를 살살 문지르자 내 다리를 꼭 껴안는다. 잠시나마 그 아이는 내가 되었고 나는 그가 되었다.

테이블에 앉은 젊은이들은 자기들이 데리고 온 아이들에 대해서 이야기를 나누고 있다. 한 아가씨는, 스피츠가 분리 불안이 있어 퇴근하면 거의 매일이다시피 이곳을 찾는다며 푸념을 늘어놓는다. 다른 아이들과 어울리면서 이제 많이 좋아졌다며 흐뭇해하는 표정이다. 다른 청년은 웰시 코기의 넘치는 에너지를 아파트에서는 감당할 수 없어 수시로 여기 찾아온다며 잔디밭으로 뛰어간다.

예쁘장한 연미복을 멋지게 차려입은 아이도 있다. 원피스나 색동저고리를 걸친 계집애도 보인다. 빨간 신발을 신은 남자아이는 무엇이 그리 신나는지 펄쩍펄쩍 뛰어다닌다. 견주들은 반려견 옷 자랑이 한창이다. "굉장히 잘 어울리네요." "디자인도 좋고 색상이 참 곱습니다." 어디서 샀느냐며 금방이라도 구매하러 달려갈 듯이 적극적이다. 대개 2만 원 전후의 값을 치른 것은 싸구려라고 하니 혀가 내둘린다.

육포를 찢어 반려견에게 주는 견주가 있었다. 사람도 먹기 힘든 고급스러운 간식을 얻어먹는 아이들의 눈망울이 초롱초롱 빛난다. 애들은 금수저로 태어났는가. 세상이 공평하지 않다는 것을 여기서도 보게 된다. 아빠와 재미있게 공놀이를 하는 아이, 소고기나 닭고기로 만든 치석 제거용 애견 껌을 입에 물고 이리저리 씹는 아이들의 입놀림이 예사롭지 않다.

우리 집 막둥이는 제대로 대접받지 못했다. 아침과 저녁에만 우리가 먹다 남긴 밥을 주었다. 어쩌다 생선 찌꺼기를 얹어주면서 큰 인심이나 쓴 것처럼 "맛있게 먹어라."라고 말한 게 어디 한두 번인가. 그래도 그 녀석은 고맙다는 듯이 입을 쩝쩝거리며 금방 밥그릇을 비웠다. 산책이라는 건 아예 생각도 안 했으니 대문 밖으로 나간 적이 거의 없다. 하루 종일 묶여 지내면서도 울부짖지 않았다. 어쩌다 배변이 보고 싶은지 낑낑대어 목줄을 풀어주면 꽃밭에 가서 볼일을 보고 신나게 마당을 뛰어다닌다. 추운 겨울에도 신발은 고사하고 옷 한 벌 해준 적이 없다. 고작 허름한 담요 한 장을 던져 주었을 뿐이다. 평생 총각으로 지낸 그 아이는 병원에 가본 적이 없으니 각종 예방주사도 모르고 살았다. 아니, 그런 것이 있는 줄도 몰랐고, 심장사상충이니 뭐니 하는 말은 다른 나라 이야기였다.

한창 젊었을 적 일이다. 사흘이 멀다시피 술을 퍼마셨다. 어느 날 곤드레만드레가 되어 들어오자 아내가 몇 마디 끝에 "막둥이

보다 못하네!"라는 말을 내뱉었다. '그래, 나는 개보다 못하다.' 그 길로 계단 아래 큼지막한 공간을 차지한 막둥이네 집으로 들어 갔다. "애야, 잠시 네 집에 좀 실례해야겠다." 그는 허락한다는 듯 꼬리를 흔들고 내 손목을 핥았다. 녀석은 무엇이 그리 좋은지 연 신 내 품을 파고들었다. 못 이긴 척 아내에게 끌려 나갈 때까지 그의 가슴을 매만진 시간이 따뜻했다.

어느 날 퇴근하여 대문을 열고 들어와도 막둥이가 짖지 않았 다. 기척이 없었다. 한창 자라나는 개구쟁이 두 아들이 목줄을 풀 어주면서 대문을 잠그지 않았나 보다. 그길로 밖으로 나가서 돌 아오지 않는다며 아이들의 눈망울에 이슬이 맺혔다. 애초 작정 하고 집을 나간 것일까. 길을 잃었을까. 아니면 집을 잊어버렸나. 이튿날 해가 솟아도 막둥이의 그림자도 보이지 않고 목줄만 덩 그러니 개집 앞에 놓여 있었다.

돌아보면 막둥이에게 한없이 미안하고 부끄럽다. 배변 훈련이 니 사회화 교육 같은 걸 시켜주지 않았다. 남들처럼 사랑해주거 나 따뜻하게 보살펴주지도 못했다. 한밤중에 짖으면 시끄럽다고 얼마나 나무랐는지 모른다. 이틀, 사흘이 지나도록 돌아오지 아 니해도 찾지 않은 나는 냉혈한인가.

한 지인으로부터 "별일 없느냐?"라고 안부를 묻는 전화가 왔다. 잠시 후 다시 "별일 없느냐?"라는 문자가 도착했다. 정말 나를 끔찍이 생각해서 하는 말은 아닌 것 같다. 아니면 건망증일까. 주위에 치매 증세를 보이는 사람들이 하나 둘 늘어간다. 머잖아 내 아내가, 아니 내가 그렇게 되지 말란 법이 없잖은가. 어느 때인가 집을 잊어버렸거나 찾지 못하면 막둥이처럼 지워지면 어떡해. 속옷 어딘가에 전화번호와 이름이라도 새겨 두어야겠다.

오늘도 카페 37.5℃ 잔디밭엔 예쁘장한 애견 몇 마리가 신나게 뛰어다닌다.

나이롱 뻥 하는 곳 어디요

서울에서 손자 두 녀석이 내려왔다. 작년까지만 해도 윷놀이하자던 아이들이 화투 치자고 할머니를 졸랐다. 어느새 배우고 익혔나 보다. 아내는 화투도 제대로 할 줄 모르면서 아이들 하자는 대로 어울렸다.

화투는 19세기 말 일본에서 들어온 것으로 알려져 있다. 서양 문물을 받아들인 일본은 서양 카드인 카르타carta에 일본의 풍속화를 곁들인 하나후다花札를 만들었다. 화투라는 것은 이 하나후다에 우리나라의 투전鬪錢을 결합하여 만들었다고 전해진다.

아버지는 화투 놀음을 좋아하셨다. 거의 매일 이웃 어른들과 어울려 화투를 쳤다. 술 내기였다. 자라면서 어깨너머로 구경을 하는 재미가 쏠쏠했다. 규칙을 알고 나니 더욱 흥미로웠다. 초등학교 저학년 때부터 어른들의 눈을 피해서 형제끼리 또는 동네 꼬마 동무들과 어울려 '민화투', '육백' 같은 게임을 즐겼다. 밖에서 놀지 못할 때 방 안에서 하는 재미있는 놀이였다.

　'노름'과 '놀이'는 달랐다. '노름'은 돈을 걸고 하는 도박이고, '놀이'는 돈내기보다는 유희적이었다. 어른들이나 전문 노름꾼들은 '구삐'나 '도리짓고땡이'를 즐겼고, 아이들은 '나이롱 뻥'을 놀이로 즐겼다.

　나이롱 뻥이 언제 어디서 흘러왔는지는 잘 모른다. 고스톱이 그렇듯 일본에서 들어온 것으로 보인다. 일본에서 왔지만, 일본보다 놀이가 더 다양하게 진화한다. 가라오케가 한국의 노래방에 밀린 것에서 좋은 예를 찾아볼 수 있다. 예전에는 중국의 선진 문물이 우리나라에서 일본으로 건너갔으나, 일본이 먼저 개화하면서 서양문물은 일본을 통하여 들어온다. 일본이 그렇듯 우리나라도 우리 나름대로 발전시켜 나간다.

　노름은 짜고 하지 않는 한 서로가 적이었다. '이기느냐? 지느냐?' 하는 승부욕이 강할 수밖에 없었다. 나이롱 뻥은 사회성이 강한 놀이였다. 적이었다가 친구가 되기도 한다. 대여섯 명이 둘러앉아서 하는 놀이인지라 '민화투'나 '육백'보다 더 흥미진진했다. 이런 놀이를 통해서 사회화 과정을 배웠는지 모른다. 내 패를 꾹 움켜쥐고 있을 땐 화가 나지만, 느긋하게 기다릴 줄도 안다.

한때 '고스톱'이 판을 휩쓸고 다녔다. 장소를 가리지 않았다. 식당이나 여관에서도 보란 듯이 고스톱이 유행했다. 식사가 끝나고 나면 방 한쪽에 화투가 넣어진 담요가 빙긋이 웃고 있었다. 세 사람만 모이면 할 수 있다. 선박에서, 장거리 여행의 버스 안에서도 판이 벌어지기도 한다. 고스톱도 진화하여 놀이 규칙이 몇 차례 바뀌기도 했다. 어떻게 하든 규칙은 모두에게 공동으로 적용되는 것이어서 사전에 합의만 하면 크게 신경 쓸 일이 없다. 합의한 대로 이행하면 별다른 다툼이 없이 재미있게 진행되었다.

우리가 사는 세상도 마찬가지다. 법규가 혹 내 마음에 들지 않더라도 합의한 대로 행한다면 크게 문제 될 것이 없다. 적색 신호등을 보고 달려가는 자동차가 있어서는 안 된다. 남들은 지켜야 하고 나는 지키지 않아도 된다는 생각을 하는 사람은 화투를 다시 배워야 한다. 사람의 참모습을 알려면 노름 같은 것을 해보라는 말이 있다.

어느덧 고스톱이 주위에서 사라져 간다. 경로당에서 할머니들이 동전을 놓고 고스톱을 하다가 싸운다는 이야기가 가끔 흘러나온다. '나이롱 뻥'은 구경하고 싶어도 하는 데를 찾기가 어렵다. 어쩌면 노인들이나 요양원에서 하고 있는지 모르겠다.

무엇이 먼저였을까. '나이롱 뻥'인지 '나이롱'이었는지 알 수는 없지만, '나이롱'이 득세하는 세상이다. 의사도 나이롱, 환자도 나이롱, 정치가도 나이롱……, 나이롱이 스며들지 않은 데가 있는가. 믿을 수가 없다. 세상이 '나이롱'이다. '뻥'이다.

'나이롱'이 휩쓰는 세상에서 젊은이들은 카드를 즐긴다. 한때 포커가 주류를 이루다가 판이 커지니까 도박성을 많이 띠게 되어 조금 약한 훌라 쪽으로 기울어진 느낌이랄까. 물론 훌라도 그 규칙이 고스톱만큼 다양하다. 심지어 '전투 훌라'라고 하여 판이 커져 버렸다. 이제 그들은 나이롱 뻥은 물론이고 고스톱마저 버린지 오래다.

요즘, 젊은이들은 화투하고도 거의 담을 쌓고 있다. 그들은 모바일 게임을 즐기며 가상현실에 빠져 산다. 맥주도 수입 맥주에 맛을 들여가는 그들에게 '나이롱 뻥'이 재미있을 리가 없다. 막걸리에 매운 고추를 된장에 찍어 먹으라면 죽는 줄 알지도 모른다.

오늘 마침 지방 주민의 대표를 뽑는 선거일이다. 이 중에도 '나이롱'이 있으리라. 차라리 어디 가서 나이롱 뻥이나 했으면 좋겠다.

나이롱 뻥 하는 곳 어디 없소?

설거지

상륙함에서 전출하여 안마도鞍馬島라는 섬에 내렸다. 굴비로 유명한 영광 법성포에서 네댓 시간을 달려야 닿을 수 있는 곳이다. 오랫동안 문명과 문화의 혜택이라곤 제대로 받지 못한 외로운 섬이었다.

주민들은 어느 날 갑자기 육지에서 날아온 해군 장병들이 반갑지 않았다. 마을에 하나 있는 공동우물에 군인들이 수영복 차림으로 나타났다. 그들이야 별생각 없이 우물에 와서 물을 끼얹고 가지만, 마을 노인들은 세상에 난리가 난 줄 알았다. 조상들에게서 가끔 들은 바 있는 왜구들이 '훈도시'만 걸친 채 밀어닥친 줄 알았을까.

그해 겨울은 유난히 추웠다. 서해의 외딴 섬에 눈이 자주 내렸다. 밤새 내린 눈이 많이 쌓이고, 추우면 더욱 고달팠다. 섬에서 취사병을 맡았다. 장병 오십여 명의 식사 준비는 쉽지 않았다. 지금으로 말하면 백여 명의 식사량에 해당했다. 매일 반복되는 밥 짓는 일이 즐거울 턱이 없다. 추운 날 새벽같이 일어나 쌀 씻는 일도 여간 귀찮지 않았다.

하루는 취침 전에 쌀을 씻어 가마솥 안에 안쳐 두었다. 다음 날 아침 석유 버너에 불을 붙였다. 그런데 한참을 기다려도 밥이 제대로 되지 않았다. 밤새 쌀이 물에 불어서 물을 평소보다 적게 넣어야 하는 걸 몰랐다. 죽도 밥도 아니었다. 이걸 밥이라고 내놓았다가 어떤 일이 벌어질지 생각하니 눈앞이 캄캄했다. 마음이 새카맣게 타들어 갔다. 누가 볼세라 '죽밥'을 퍼냈다. 새로 밥을 하면서 취사 보조병인 이 수병을 마을로 보냈다. 잔반殘飯을 가져가는 아주머니가 급히 달려왔다. 잔꾀를 부리다 크게 낭패를 당할 뻔했다.

국을 끓이는 것도 보통 일이 아니다. 하루는 국을 미리 끓여 놓았다. 아침에 버너에 불만 붙이면 되도록 해 두었다.

식사 시간이었다. 시래깃국을 퍼 담는데 이상한 것이 나왔다. 고기라곤 넣지 않았는데, 작은 뼈다귀가 몇 개 보였다. '아니, 이런 것이 왜 나오지?' 혼잣말을 하며 얼른 건져냈다.

'쥐탕'이었다. 쥐란 놈이 어떻게 국솥에 들어갔는지 따질 겨를이 없었다. "오늘 아침에는 국이 없습니다."라고 말할 수도 없잖은가. 국을 퍼 줄 때마다 온 신경을 곤두세웠다. 두 눈은 부릅떴으나 속눈은 감을 수밖에 없었다. 다들 그날 아침 국이 맛있다고 하는데 나는 쓰디쓴 입술을 혓바닥으로 연신 핥았다.

어머니는 명품 시계다. 새벽밥을 하는데, 언제 일어났는지 모른다. 형제들이 세수하고 나면 밥상이 차려진다. 자명종 시계도 없던 시절에 빈틈없이 해냈다. 밥이 늦어서 지각한 적은 한 번도 없다. 어떻게 어김없이 그 일을 해낼 수 있었을까.

부엌은 어머니의 전용 공간이었다. 아버지가 부엌에 들어가시는 것을 본 적이 없다. 식사가 끝나서도 마찬가지다. 아들이 여섯이어도 누구 하나 부엌에 들어가서 도와주는 형제가 없었다. 늘 그렇듯이 어머니는 어김없이 밥과 국, 그리고 반찬들을 차려낸다.

어머니는 매일같이 열 식구의 밥상을 책임졌다. 아침과 저녁 밥상엔 국이 밥상 한 자리를 차지했다. 어떤 때엔 저녁에 미리 시래깃국을 끓여 놓는 걸 봤다. 아침에 데워서 먹기 위함이었다.

나는 이른바 '삼식'이다. 삼식이는 아내로부터 환영을 받지 못한다는 것쯤은 안다. 별일 없으면 하루 세 끼 '집밥'을 먹는 나로선 눈치도 없는 편이다. 아내는 내가 보지 않는 곳에서 눈총을 쏘아대는지 모른다. 어쩌다 바깥에서 점심이나 저녁을 먹을 일이 있어서 밖으로 나가면 무슨 약속이냐고 물으면서도 은근히 반기는 눈치다. 함께 외식하러 가자고 하면 엄청 기뻐하는 표정을 짓는다. 그렇다고 매양 집 밖에서 식사를 해결할 수는 없지 않은가.

아내가 설거지를 하고 있다. 도와주고 싶지만, 그랬다가는 그 다음부터 그 일은 내가 맡아야 할지 모른다. 그릇 부딪치는 소리가 예사롭지 않다. 아내의 마음속에 불평이 싹트고 있나 보다. 다른 집 남편들은 잘도 도와준다는데……. 나는 가는귀먹어 못 들은 척 일부러 신문을 여기저기 뒤적인다.

하루는 아내가 친구들을 만나 저녁 식사를 하고 들어온다고 했다. 냉장고에서 반찬 몇 가지 끄집어내어 식사를 마친 후, 그릇을 깨끗이 씻어 놓았다. 집에 돌아온 아내가 싱크대를 보고도 아무 말이 없다. 평소에 설거지를 하지 않은 나로선 내가 했다고 말할 수 없었다.

지난겨울은 참 추웠다. 눈이 잘 내리지 않는 대구에서도 많은 눈을 구경했을 만큼 이상기온이었다. 날씨에는 아랑곳없이 내일도 아내는 일찍 일어나겠지.

언제쯤이면 내가 즐거운 마음으로 설거지를 하게 되려나 나도 그게 궁금하다.

차순이의 남자 친구

혼자 이기적으로 살아오지 않았을까. 지난날을 되돌아보면 저절로 고개가 수그러진다. '내 가족을 아끼고 잘 지켜주었나?'

저는 태어난 지 석 달 만에 입양되었습니다. 얼굴이 검은 원어민 강사 미국인이 저를 아들로 받아들였습니다. 그를 따라간 곳이 지산1동 00번지 〈행복 빌라〉 3층이었습니다. 그는 아주 앳된 한국인 아가씨와 살고 있었습니다. 그녀는 키가 작았으나 가슴은 커다란 풍선처럼 부풀어 있었습니다. 그들은 저를 '해피'라 불렀지요.

저는 그들의 말을 잘 알아듣지 못했습니다. 무슨 말인지 모르겠으나 그들은 '알라뷰'를 입에 달고 사는 것 같았습니다. "Sit down!"이라고 두세 번 외치는데도 그냥 멀뚱멀뚱 그들을 쳐다봤습니다. 검은 얼굴의 사내는 그녀를 'Honey!'라고 불렀으며, 그녀는 그를 '자기'라고 불렀습니다. 'Honey'가 "야! 앉아!"라고 하여 겨우 꿇어앉았습니다. 그러자 이번에는 '자기'가 "Stand up!"이라고 하는데 이건 또 무슨 말인지, 그냥 엎드린 채 눈알만 이리저리 굴렸습니다. '자기'가 내게 가까이 오더니 "어, 그래. 차암, 너는 하안국 도그지." 서툰 한국어로 말하면서 "Stand up!"은 "이러엏게 이러서라는 거시야." 하면서 내 겨드랑이에 손을 넣고 일으켜 세웠습니다.

처음 먹어보는 음식이 많았습니다. 주말마다 주는 별미가 내 입에 맞지 않았습니다. 맛있다고 하는 오리고기도 연기 냄새가 배어 있어 먹기가 거북했습니다. 치즈나 버터는 맛이 좋았습니다. 하루는 깡통에서 이상한 걸 주는데 도저히 먹을 수 없어 뱉어버렸습니다. 그러자 '자기'가 화를 내며 "Birdbrain!"이라고 외쳤습니다. 그 말을 제가 쉽게 알아들을 수 있습니까? 빗자루로 때리는데 도망갈 수도 없고 정말 열 엄청 받았습니다. 나중에야 알았지만 제가 왜 '새대가리'입니까? 이래도 이 나라의 천연기념물 진돗개의 핏줄이 섞인 후손인데 말입니다.

서당 개 삼 년이면 풍월을 읊는다는데 저는 석 달 만에 꼬부랑 말을 조금은 알아들었습니다. "Sit…" 소리만 나도 얼른 알아차리고 엎드립니다. "Come here!"라고 말하면 재빨리 뛰어갑니다. "Slowly!"라 말하면 천천히 걸어갑니다. 그럴 때마다 저는 맛있는 '닭 가슴살'을 얻어먹습니다. 제 자랑 같지만, 대소변이야 이미 가릴 줄 알았기에 별문제가 없었습니다.

'자기' 그리고 'Honey'와 함께 산 지도 어느덧 한 해가 지나갔습니다. 벚꽃이 눈발처럼 날리던 어느 날 난리가 났어요. '자기'와 'Honey'가 대판 싸움판을 벌인 것입니다. 싸운 이유는 잘 모릅니다. 'Honey'의 눈두덩이가 시퍼렇게 되면서 금방이라도 눈알이 거실 바닥에 굴러 떨어질 것 같아 마음이 조마조마했습니다. 바로 그날 '자기'는 큰 가방 두 개를 끌고 집을 나갔습니다.

'Honey'한테 빗자루로 얼마나 두들겨 맞았는지 모릅니다. 두들겨 패면서 고함을 지르던 말 한마디는 지금도 제 가슴에 대못으로 박혀 있습니다. "야! 이 개××야-. 너 혼자 가면 난 어떡해!" 저야 원래 개새끼이니 상관은 없습니다. 그런데 욕하는 것으로 보아 저보고 하는 소리가 아닌 것 같습니다. 실컷 저를 두들겨 팬 다음 날 아침, 그녀도 소리 없이 제 곁을 떠나갔습니다. 만날 때마다 사랑한다고 그렇게들 외쳐대더니……. 사람들은 참 이상해요.

〈행복 빌라〉 303호엔 항상 불이 꺼져 있었습니다. '자기'를 기다리던 'Honey'가 서 있던 버스 정류장에 가 봤습니다. '자기'가

다니던 학원 근처를 쏘다니기도 했습니다. 몇 달 하고도 며칠이 지났지만, 아무도 돌아오지 않았습니다. 배가 무척 고팠습니다. 불구덩이에 던져진 듯 온몸에 열이 나고 목이 타 견디기 힘들었습니다. 비실비실 걷고 있는데 저쪽 편에서 커다란 십자가가 등대처럼 빛나고 있었습니다. 성당이었습니다. 염치 불구하고 그곳으로 들어갔습니다. 마침 저와 비슷한 동족이 그늘진 곳에 살고 있었습니다. '차순'이라는 여자 아이였는데 처음 만난 저를 따뜻한 미소로 맞아주었습니다. 먹다 남긴 것이 있어 허겁지겁 배를 채우고 바라본 그녀는 검은 목도리를 두른 미인이었습니다. 첫눈에 반했습니다. 마치 구원받은 느낌이었습니다. 우린 다른 말이 필요 없었습니다.

그곳에서 '리카르도' 할아버지를 만났습니다. 차순이에게 자주 간식을 가져다주는 노인입니다. 저에게도 간식을 나누어 주지만, 저는 먹지 않습니다. 먹고 싶은 마음이야 왜 없겠습니까만 그녀에게 다 주고 싶어서 참습니다. 그분은 나에게 웃으면서 가까이 오라고 손짓하지만, 선뜻 마음이 내키지 않는 걸 어떡합니까. 내 여자 친구를 딸처럼 돌보아 주는 '수산나'라는 아주머니도 있습니다. 그녀는 밥을 줄 때 제 몫까지 챙겨주는 마음씨 고운 분입니다. 두 사람 다 고마운 분이지요.

차순이! 그녀는 내 모든 것입니다. 그녀 곁에 있으면서 저는 아무 말도 하지 않고 누가 뭐라 해도 못 들은 체합니다. 그녀는 집에서 나오면 목줄에 묶인 채 나무 그늘에서 쉬거나 낮잠을 자기도 합니다. 그녀가 잠을 잘 때면 저는 옛집을 향해 달음박질칩니다. 비록 두들겨는 맞았으나 그들을 잊으려 해도 도저히 잊히지 않습니다. 그래도 사랑을 받았잖아요. 옛 주인들과 함께 산책했던 곳을 더듬어 찾아가기도 합니다. 코를 벌렁거리며 돌아다녀도 그들의 체취를 맡을 수 없습니다. 차순이는 내 입 언저리를 핥아주기도 합니다. 그럴 땐 기분이 조금 야릇해집니다. 그것도 잠시 그때뿐이에요.

제가 사춘기를 지날 때입니다. 어느 날 밤늦게 들어온 'Honey'의 다리를 붙들고 마운팅mounting, 붕가붕가을 하던 내 거시기를 본 '자기'가 무슨 큰일이라도 난 것처럼 "Hey! 이 개애새끼가."라며 고함을 질렀어요. 저는 반갑다고 한 것인데 말입니다.

'수산나' 아주머니는 아침, 저녁으로 한 차례씩 차순이를 데리고 산책하러 나갑니다. 온몸과 마음이 행복감으로 가득하여 뒤따라갑니다. 그녀 앞에 나서기도 하고, 뒤에서 호위하기도 합니다. 감히 다른 수캐들이 그녀 근처에 얼씬거리지 못하도록 살피며 보호합니다. 가끔은 "컹- 커어엉-" 하고 우렁차게 외칩니다. '우리 공주님, 행차시다. 물러서라!'라고 테너 가수 못지않게 노래하는 것이지요.

미사 참례하러 성당에 자주 간다. 차순이와 그 남자 친구는 다정하게 마주 앉아서 내 눈길을 사로잡는다. 그들을 보면서 새삼스레 '사랑의 의미'에 관하여 곰곰이 헤아려 보게 된다. 내 가족을, 이웃을 '얼마나 사랑했는가?' 잘했다고 내세울 것도 없으면서 말만 번드레하게 치장하지는 않았는지 돌아보지 않을 수 없다.

따뜻한 햇살이 십자가 위에서 유난히도 반짝반짝 빛난다. 더 쳐다볼 수 없어 고개를 떨어뜨리고 말았다.

다리미, 날아오르다

"단디- 잡으래이."

다림질감의 양 끝을 두 손으로 붙들었다. 빨래를 다릴 때마다 어머니의 부름을 받은 나는 두말없이 어머니의 맞은편에 앉았다.

검게 그을려 쉬 알아볼 수 없었다. 긴가민가 눈을 둥그렇게 뜨고 위에서 내려다보고 옆에서 쳐다보면서도 한참이나 살핀 뒤에야 가슴이 울컥 치밀었다. 어머니의 얼굴이었다. 눈물은 등 뒤에 숨어서 나오지 않았다. 시뻘건 불꽃과 연기 속에서 어머니는 싸늘하게 식어버린 다리미가 되었다.

한 젊은이의 방화로 십육 명의 사망자와 열세 명의 부상자가 발생했다. 어머니는 돌아올 수 없는 먼 길을 홀로 날아갔다. 하얀 광목으로 가슴을 덮고 육십여 년 살아온 삶의 질곡에 그렇게 마침표를 찍었다.

넉넉하지 못한 살림살이는 구겨진 빨랫감 같았다. 어머니는 남편의 빠듯한 월급으로 8남매를 건사하기엔 힘이 부쳤다. 한마디 불평도 없이 이불 홑청의 구김살을 펴듯 살림을 꾸려나갔다. 가슴속에 차오르는 한스러움을 다림질하며 마음을 달랬을까. 양식이 부족할 땐 김치를 넣은 갱죽으로 밥그릇을 채웠다. 콩나물이나 무를 넣어 양을 부풀려서 많은 입을 채워 나갈 때도 있었다. 한창 자라나는 자식들의 간식거리로 개떡을 만들어놓기도 하고, 비가 오는 날이면 밖에 나가 놀지 못하는 자식들을 위해 콩을 볶아놓거나, 배추며 부추 지짐을 만들어 허기를 달래주었다.

대문을 거의 잠그지 않았다. 들락날락하는 아이들이 많은 탓도 있지만, 집 안에 이렇다 할 패물이나 현금을 쌓아놓고 사는 형편이 아니었다. 아침 해도 뜨기 전에 찾아오는 손님들이 있었다. 마당에 서서 깡통을 두드리면 어머니는 부엌에서 보리밥이나마 한 그릇과 김치 따위를 담아 주었다.

아들들의 친구가 집에 놀러 오면 그냥 보내는 일이 없었다. 끼니때가 되면 밥상 위에 숟가락 하나 더 얹었다. 반찬이 좋고 나쁘고 많고 적고를 떠나 어머니는 있는 그대로의 마음을 담았다. 빨래를 다릴 때 다리미에 담긴 숯불처럼 따뜻한 정을 듬뿍 얹은 밥상이었다.

　나는 팔남매의 둘째 아들이다. 제일 위로 누님이고 막내가 여동생이다. 가운데 여섯이 모두 아들이다. 아버지는 일찍 상처喪妻하여, 이웃에 사는 열네 살 연하인 열여섯 살의 내 어머니를 맞아들였다. 구남매의 막내인 어머니는 외할머니께서 어디선가 본 사주팔자를 보고는 나이 많은 남자에게 재취再娶로 들어가야만 복을 받고 잘 산다고 믿었나 보다. 어머니는 해방이 되던 그해 가을에 전처 소생의 여섯 살 된 딸과 세 살이 된 아들의 '새어머니'가되었다.

　어머니는 다리미였다. 늘 가슴속에 뜨거운 숯불을 안고 살았다. '팥쥐'의 어머니란 말을 듣고 싶지 않았으리라. 당신의 배를 가르고 나온 자식보다 전처 자식에 대해서 더 많은 관심과 애정을 쏟았다. 누나나 형이 잘못한 일이 있으면 그 질책은 대부분 내게 떨어졌다. 그런 어머니가 때로 원망스러웠다. 자칫 어긋나기쉬운 가족관계는 어머니의 다림질로 하얀 옥양목이 되었다.

　어머니는 빨래의 달인이었다. 온 가족의 빨래를 방망이로 두들기며 땟물을 빼고 마당에 널어놓으면 만국기가 펄럭이는 운동회 날처럼 종일 펄럭였다. 어떤 빨랫감은 해가 진 후 풀을 먹여 발로 지근지근 밟아 다리미로 다렸다. 때때로 입안에 물을 머금고 다림질감에 뿜어대어 자그맣고 아름다운 무지개를 만들었다. 나는 양손으로 가장자리 끝을 잡고 어머니는 오른쪽 발로 한쪽 끝을 눌러 밟으며 왼손으로 다른 쪽을 잡은 후 오른손으로 다리미를 앞으로 밀었다, 당겼다, 반복했다. 손잡이를 움켜잡은 손이 잽싸게 움직일 때마다 어머니의 얼굴이 불그스름하게 달아올랐다. 손때 묻은 손잡이는 반들반들 빛이 났다. 다리미가 지나간 자리엔 김이 모락모락 나고 주름이 쫙 펴지면서 환한 보름달이 떴다.

아버지가 중풍을 맞아 안방에서 누워 지냈다. 낮 동안은 아내가 아버지를 보살폈다. 어머니는 시장 일을 마치고 집으로 돌아와서 아버지를 돌봤다. 말이 어둔한 아버지는 눈물샘에서 흐르는 눈물을 꾹꾹 눌렀다. 무엇 하나 제대로 할 수 없는 상황에서 무슨 말을 할 것인가.

이제 살 만하다며 아파트로 옮겨온 지 두 달 뒤였다. 뉴스를 보시던 아버지께서 예감이 있었던지 나를 불렀다. 그날은 밤이 깊도록 어머니가 귀가하지 않았다. 어머니와 함께 있었다는 어느 아주머니로부터 어머니가 집에 돌아오셨느냐고 묻는 전화가 왔다. 비산동 어느 회관에 불이 나 많은 사상자가 발생했다는 뉴스 속보가 TV에 계속 비친다.

어머니가 그곳에 있었다. 며칠 뒤 간암 수술을 받으러 가는 시장 한 아주머니를 위로하기 위해서 시장 상인 대여섯 명이 그 회관에 들렀다. 맥주 몇 잔을 마셨을까. 무대에서 불꽃이 일어나고 전

깃불이 꺼졌다. 아무것도 보이지 않았다. 검은 연기가 뒤덮여 숨을 쉴 수 없었다. 비교적 젊은 아주머니들은 출구를 찾아 빠져나왔으나 가장 나이 많은 어머니는 화장실 안에 쓰러졌다. 가슴에 뜨거운 불기운만 가득 안고 자식들 이름을 하나씩 부르다, 부르다 못 다 부른 채 입도 다물지 못하고 눈마저 감을 수 없었으리라.

어머니는 늘 깨어 있었다. 생전에 잠자리에 누워 있는 걸 본 적이 없다. 얼굴을 덮은 하얀 천 아래로 두 손을 늘어뜨린 채 말을 잃어버린 어머니. 검은 재만 담긴 다리미가 공중에서 너울너울 춤을 춘다. 광목도 덩달아 나풀거린다. 둥근달이 흰 구름에 휩싸여 서편으로 흘러간다. 바람이 그리움을 실은 듯 살랑살랑 불어와 어머니의 입을 살짝 열어 놓았다. 다리미를 품에 안은 어머니가 무슨 말을 하고 싶었을까.

어머니의 손때 묻은 다리미는 어느 때부턴가 그 모습을 감추었다. 전세 살면서 몇 차례 이사를 다니다 흘려버렸는지 어떻게 되었는지 도무지 알 수 없다. 어머니가 만든 무지개와 보름달이 쉬 지워지지 않는 기억으로 남았을 뿐이다. 다리미가 텅 빈 하늘로 날아오른다. 붙잡을 수가 없다.

괴물 천지

뉴스를 듣다 보면 힘들 때가 많다. 언제부터 이렇게 되었는지 알 수 없다. 묻지 마 폭력이 횡행하고, 데이트 폭력에 친족 살인까지 마구 일어난다. 어쩌자고 세상이 이 모양일까. 사람이나 동물이나 서로 '관계'를 가지고 살아간다. 그것이 알게 모르게 서서히 무너지고 있다.

아파트 화단에 제가 어슬렁거리자 난리가 났어요. 당신이 외출하고 없는 동안에 제가 집을 빠져나왔거든요. 베란다에서 창문을 밀었더니 수월하게 열렸습니다. 처음 바라본 풍경에 저는 황홀했습니다. 붉은 철쭉이 흐드러지게 피어 있고, 짙푸른 맥문동이 잔디처럼 깔렸었습니다. 제 어미가 살았다는 콜롬비아의 초원을 보는 것 같았습니다. 사람들은 괴물이 나타났다고 119에 신고를 했습니다. "왱- 왱-" 소리를 요란하게 울리며 건장한 청년 서너 명이 저를 포위했습니다. 꼼짝없이 붙들렸습니다. 쇠창살로 된 좁은 공간에서 발버둥 쳐봐야 소용없었습니다.

처음으로 사나운 사람들을 만났습니다. 젊은 소방대원들은 쇠막대기로 저를 쿡쿡 찔렀습니다. 아파도 비명을 지르지 않았습니다. 얼마 지나지 않아 나를 찾아온 당신의 가슴에 안겨 모든 아픔을 잊을 수 있었습니다. 그들은 놀란 눈빛이었습니다. 몇몇 대원들은 스마트폰으로 사진을 찍었습니다. 졸지에 모델이 되었습니다.

처음 우리가 인연을 맺은 날이 기억납니다. 오 년 전인가요? 제가 살던 청계천 6가에서의 첫 만남을 어찌 제가 잊을 수 있겠습니까? KTX를 타고 대구로 왔지요. 엄청 빨랐습니다. 저를 본 당신 아내의 눈빛이 야릇하게 돌아가는 걸 봤습니다. 기억은 잘 나지 않지만, 그때 당신이 뭐라고 몇 마디 하자 그녀는 알았다는 듯이 고개를 숙이는 걸 보고 저의 불안했던 마음이 금방 사라졌습니다. 저는 그때 밝은 녹색 옷을 위아래로 입은 어린아이였지요. 잘 발달한 목주름, 목부터 척추를 따라 꼬리까지 나 있는 돌기 비늘은 마치 작은 공룡을 연상케 하여 밉상은 아니었나 봅니다.

당신은 제게 온갖 정성을 쏟았습니다. 아침 일찍부터 깨끗한 물을 떠다 주었습니다. 배춧잎을 잘게 썰어주기도 했지요. 어떤 때엔 제가 제일 좋아하는 애호박을 주기도 했습니다. 가끔은 사과 같은 과일과 귀뚜라미와 달걀 흰자를 먹었습니다. 낮에는 UVB 전등을 켜서 제가 사는 집 온도를 30℃ 이상 높여주고 온욕까지 시켜 주었습니다. 밤에는 시원하게 25℃ 정도로 지냈습니다. 원래 태어난 곳이 강가의 숲이었기에 미지근한 욕조에서 수영을 즐기기도 했습니다.

4년이 후딱 지났습니다. 저는 성장이 빨라 체장이 1m가 넘었습니다. 집이 좁아 소파나 석 자짜리 수족관 위에서 잠을 잡니다. 하루에도 몇 차례 분무기로 물을 뿌려주면 스트레스가 확 날아가는 것같이 기분이 상쾌했습니다. 이제 어릴 때 입던 녹색 옷을 벗어던지고 황갈색으로 갈아입었습니다. 어두운 밤은 싫어요. 해가 지고 어둠이 거실로 스며들면 이내 잠자리를 찾아 꿈을 꿉니다.

당신은 제 몸을 자주 어루만져 주었습니다. 목덜미를 부드럽게 만져주고 머리를 쓰다듬을 땐 온몸이 짜릿할 정도의 쾌감에 젖어들었습니다. 당신의 따스한 손길이 기다려지기도 했지요. 하지만 잠들어 있는 저를 껴안을 땐 정말 싫었습니다.

당신의 아내도 제게 말을 걸고, 제 목덜미를 부드러운 손으로 애무해 주었습니다. 저도 좋았습니다. 처음 보던 날 그녀의 눈빛에서 질투 같은 걸 느꼈으나, 해가 바뀌면서 그것은 저의 잘못된 판단이었음을 깨달았습니다.

그러던 어느 날, 그녀가 보이질 않았습니다. 집 안에는 당신과 저 둘뿐이었습니다. 다음 날 어느 손님과의 대화를 듣고서야 유럽으로 성지순례를 갔다는 것을 알았습니다.

열흘쯤 뒤 그녀가 유럽 여행에서 돌아오던 날 밤이었습니다. 저는 얼마나 반가웠는지 모릅니다. 제게 가까이 다가오더니 "잘 있었니?" 하는 말을 듣고 뺨에 입을 갖다 대었습니다. 그러자 그녀가 소리를 질렀습니다. 제가 뺨에 상처를 냈나 봅니다. 백 원짜리 동전 크기의 하트 모양이 새겨졌습니다. 다행히도 피는 흐르지 않았습니다. 당신은 그 모양을 보더니 "이 아이도 당신을 보니 기쁜가 봐."라며 미소 지었습니다.

당신과 그녀가 나들이를 다녀와서 제게 말했습니다. "사람들이 난리가 났어. 어떻게 뽀뽀를 했기에 뺨에다 사랑 표시를 했느냐? 그 비법을 가르쳐 달래서 무척 난감했어." 저는 그 말을 듣고 그게 칭찬의 말인지 꾸짖는 말인지 구별이 쉬 되지 않았지요. 당신이 그녀를 기다렸듯이 사실 저도 그녀가 보고 싶었습니다.

저는 이구아나입니다. 제가 왜 괴물입니까? 외모로 구분합니까. 요즈음 사람답지 않은 사람이 많습니다. 겉으로는 멀쩡해도 속을 파헤쳐 보면 그게 어디 사람입니까.

　온갖 정성과 애정으로 키웠지만, 자식은 부모의 그런 마음을 잘 알지 못한다. 결혼해서도 캥거루 새끼처럼 부모의 품 안에서 떠날 줄 모르는 자식마저 생겨난다. 자식이 부모를 폭행하는 정도가 아니라 목숨까지 가져가기도 하는 세상이다. 반대로 자식들이 용돈을 주지 않는다고 숨을 끊어 버리는 아버지도 있다. 이유야 어떻든 엄마가 아이들의 목숨을 거두어가고, 수십 년을 함께 살아온 부부도 어느 순간 원수가 되어 서로 죽이기도 한다. 스승이 제자를, 상사가 부하 직원을, 상급 장교가 부하 여장교나 부사관을, 심지어 아버지가 친딸을 성추행하기도 한다. 괴물 천지다.

　신문과 TV에서는 어제와 비슷한 뉴스를 오늘도 보여 준다.

3
모루

나도 하나의 모루였을까.
아버지의 아들로, 아내의 남편으로,
두 아들의 아버지로 제대로 살아왔는지 돌아본다.
어깨에 얹힌 새알이 더 단단해지는데도
무겁지 않다.

아버지의 바이올린

초등학교 3학년 때 본 사진 속 아버지는 멋있었다. 정확하게 알 수는 없지만, 광복 전 일본 오사카에서 찍은 것으로 짐작된다. 오래되어 누르스름하게 변했으나 이목구비는 뚜렷했다.

달덩이처럼 훤한 얼굴에 짙은 눈썹, 오뚝한 코, 다물고 있는 입술, 나무랄 데 없는 귀공자의 모습이었다. 게다가 체크 무늬의 양복에 짙은 넥타이를 매어서 더 듬직해 보였다. 왼쪽 목덜미에 바이올린을 얹고 오른손으로 활을 들었다. 금방이라도 아름다운 선율이 흘러나와 내 마음을 푹 적셔 줄 것만 같았다. 무슨 곡이었을까. 사라사테의 '지고이네르 바이젠'일까. 슈베르트의 '겨울 나그네'일까.

아버지처럼 바이올린을 켜고 싶었다. 집안 형편이 여의치 않아서 마음으로만 활을 들었다 놓았다.

고등학교에 입학하자마자 악대부에 들어갔다. 악기는 관악기와 타악기뿐이었다. 현악기는 없었다. 실망했다. 하다못해 트럼펫이라도 배우고 싶었지만 제대로 소리를 낼 수 없었다. 신입생인 내게 주어진 것은 드럼이었다. 시끄럽게 두드렸다. 아니 두드렸다기보다 패대기쳤다는 것이 더 옳겠다. 몇 달 안 되어 그만두었다. 상급생인 악장으로부터 나의 엉덩이는 드럼이 되어 피멍이 들었다. 그래도 바이올린을 생각하며 아픈 줄 몰랐다. 바이올린은 내 가슴속에서만 소리를 내었다.

아버지의 사진은 내게도 그런 음악적인 DNA가 흐르고 있을지 모른다고 일깨웠다. 살아 계실 때, 어떤 노래를 연주했는지 물어본 적은 없다. 어릴 때 본 사진 속의 모습을 오래도록 기억했을 뿐이다. 그러다가 퇴직이 눈앞에 다가왔다. 아버지가, 더 늦기 전에 무언가 하나 배우라고 말씀하시는 것 같았다. 알토 색소폰을 구입하여 레슨을 받았다. 바이올린은 아니지만 색소폰이면 어떠냐 하는 마음이었다. 늦게 배운 도둑질 날 새는 줄 모른다고, 시간만 나면 색소폰을 끌어안고 살았다. 서너 달 지나니 쉬운 노래 몇 곡은 불 수 있었다. 아무 데서나 불고 싶어서 안달이 났다. 솔직히 다른 사람들 앞에서 뽐내고도 싶었다. 집에서 연습하다가 아파트 주민들의 항의 전화를 받았다. 연습장을 옮겨 다니면서도 기분은 좋았다. 더욱더 연습을 열심히 해야겠다는 결기가 샘물처럼 솟아났다.

색소폰 배우는 일이 그렇게 즐거울 수가 없었다. '친구여', '과거는 흘러갔다', '옛 생각' 등등 신이 났다. 정미조의 '개여울'을 연주할 때엔 눈물이 흐를 때도 있었다. 이제 막 구구단을 다 외우고 난 후 학우들 앞에서 거침없이 곱셈, 나눗셈을 푸는 기분이었다. 시키지 않아도 손을 번쩍번쩍 들고 칠판 앞에서 막힘없이 문제를 풀어낸 후, 선생님의 칭찬을 듣는 것처럼 좋았다. 하늘나라에 계신 아버지께서 '환희의 송가'를 연주하며 응원하는 것 같다.

작은아들의 결혼식이었다. 주례사가 끝나고 축하 공연이 있었다. 한복에 두루마기를 입은 나는 색소폰을 들고 나갔다. 아들과 며느리에게 김세환의 '사랑은'이라는 노래를 들려주고 싶었다. '사랑은 언제나 오래 참고 사랑은 언제나 온유하며…… 믿음과 소망과 사랑 중에 그중에 제일은 사랑이라.' 아들 내외에게 주는 덕담으로 간절함이 담긴 연주였다. 어디선가 아버지의 바이올린 소리가 들려오는 것 같았는데 하객들의 박수 소리가 내 귀를 크게 흔들면서 묻혀버렸다. '다행이다. 실수 없이 마쳤구나.' 하는 안도감으로 혼주석에 앉을 수 있었다.

다른 사람들과 합주하는 날이었다. 그날따라 내 악기에 문제가 생겼다. 리드를 새로 바꿔 끼워도 계속 헛소리가 나왔다. '울릉도 트위스트'를 합주하는데, 나는 울렁, 울렁거리다가 다른 동호인에게 폐만 끼치고 무대에서 조용히 내려왔다. 그날 왜 그렇게 되었는지 지금도 그 까닭을 알 수 없다. 진중하게 처신하라는 메시지였을까. 더 갈고닦으라는 Muse 신神의 호된 질책이었나. 여러 사람들 앞에서 연주한다는 것이 두려워지기 시작했다.

어느 날 담쟁이덩굴로 뒤덮인 이층 집 아래를 지나가고 있었다. 바이올린 가락이 흘러나왔다. 누군가가 '모차르트의 협주곡 3번'으로 골목길을 경쾌하고도 아름답게 수놓는 중이었다. 걸음을 멈추었다. 개밥바라기별이 반짝거린다. 저렇게 아름다운 선율을 초저녁 가을 하늘에 뿌리는 사람은 누구일까? 아버지도 저 정도로 연주했을까? 아쉽게도 나는 아버지께서 살아 계실 때 바이올린 연주하는 것을 본 적이 없다. 오로지 사진 속에서만 봤었다.

어느 날 한 친구 집에 갔을 때의 일이다. 그 친구의 귀여운 손자 사진이 담긴 사진첩을 봤다. 주로 경주 보문단지에서 찍은 사진들이었다. 그의 아들 내외와 깜찍하게 노는 손자의 사진을 넘기다 보니 몇몇 사진이 눈에 띄었다. 아들이 왕으로, 며느리가 왕후로 분한 사진이었다. '아니, 어떻게 왕이 되고 왕후가 되었지?' 배경은 왕릉이었다. 소품들을 빌려서 찍은 사진이었다. 그렇다면? 아버지도 사진관에서 바이올린을 빌려서 찍었단 말인가?

지금 색소폰으로 '꿈속의 사랑'을 노래하고 있다. 행여나 아버지께서 소리 나지 않는 바이올린으로 '꿈이여 다시 한번'을 연주하면서 나를 지켜보고 계실까. 사진 속의 아버지가 잔잔한 미소를 보내고 계신다.

버스 안에서

퇴근 시간, 집으로 가는 길이었다. 사람들이 정류장에 조수처럼 밀려든다. 노을이 버스를 기다리는 승객들의 머리 위에 앉아 한 폭의 그림을 그린다.

버스에 올랐다. 손잡이를 잡으려다 눈을 어디에 두어야 할지 잠시 망설였다. 하얗고 긴 손가락이 나의 눈길을 사로잡아 쉽게 놓아주질 않는다. 내 손이 초라해 보였다. 짧고 못생긴 손가락을 감추고 싶었다. 눈앞의 모든 사물이 물안개에 잠긴 듯 흐릿해 보인다. 뒷모습만 보이는 여인의 검은 머리가 내 눈마저 덮어 버렸다. 참기름을 바른 듯 윤기가 자르르 흐르는 머리카락이 코앞에서 너울너울 춤을 춘다. 눈도 코도 놓을 데가 없다.

머리카락은 물론이고 내 손가락도 짧다. 긴 손가락과 찰랑거리는 머리카락을 가진 저 여인은 얼마나 아름다울까. 길거리에서 스쳐 지나는 소녀들이 하나같이 예쁘다고 느끼던 그 시절! 사춘기 소년처럼 가슴이 쿵쿵 뛰었다. 추억은 아름다운 것이라고 누가 말했던가. 이 나이에 무슨 망령이 든 것일까. 몸 둘 바를 모른 채 버스 손잡이만 힘 있게 움켜쥐었다.

버스가 환승역인 동대구역 정류장에 멈췄다. 여인이 출입구로 내려서고 있었다. 순간 내 몸과 마음이 일시에 굳어 버렸다. '아니, 이럴 수가?' 저리도 고운 손가락을 지닌 여인의 옆모습! 용모도 빼어날 것으로 생각했는데 그게 아니었다. 아니 볼 것을 본 것처럼 눈을 감아 버렸다. 평소 내면이 아닌 외모를 더 중시한 사람들을 나무랐던 내가 부끄러웠다. 여인이 떠난 자리에는 검고 긴 머리카락만이 출렁거렸다.

버스 안에는 갈피를 잡지 못한 내 눈동자가 데굴데굴 굴러다닌다.

아내의 선택

아내에게 순모 코트를 선물했다. 그때까지 변변한 옷 한 벌 사준 적이 없었다.

10여 년 전 퇴직하면서 함께 백화점으로 쇼핑을 하러 갔었다. 늘 반코트만 입던 아내가 긴 코트를 걸치자 사람이 영 달라 보였다.

아내가 어떤 옷을 즐겨 입는지 나는 모른다. 그저 벗지만 않고 살면 된다는 식이다. 간혹 함께 외출할 때 아내는 나더러

"이 옷 어때요?" 물으면 "뭐, 괜찮네요." 그뿐이다. 볼 줄도 모르지만, 옷 같은 것에 별 관심이 없다. 그런 나에게 '색깔이 어떠니?' 하는 것은 부처님더러 이 갈비 맛이 어떠냐고 묻는 꼴이다. 그러던 내가 어쩌자고 큰맘 먹고 아내에게 값비싼 코트를 사주다니.

그동안 아내를 잘 챙겨주지 못한 미안함을 지우기 위해서였는지 모른다. 처음 있는 일이었다.

그해 겨울 아내는 그 코트를 두세 번 입는 둥 마는 둥 그랬다. 그리곤 두 번 다시 입지 않았다. 신발이 그 코트에는 어울리지 않는다면서. 또한, 이런 고가의 옷을 입고 다닐 때 다른 사람들의 이목이 눈에 밟힌다나. 내가 보기에는 백작의 부인쯤으로 보이던데 아내의 마음에는 안 찼던 모양이다.

아내의 신발은 뾰족구두가 아닌 운동화 같은 납작 구두다. 가방도 마찬가지다. 성당 갈 때 보면 바자회 같은 데서 몇천 원에 샀는지 천이나 레자로 만든 조금은 낡은 가방을 들고 다닌다. 그런데도 촌스럽게 보이지 않는다. 제 눈의 안경일까. 그저 수수하게 여겨질 뿐이다.

이십여 년 전 유럽 여행을 갔었다. 베네치아에서 크리스털 목걸이를 하나 샀다. 그렇게 값비싼 목걸이는 아니었지만 영롱한 빛깔이 무척 아름다웠다. 아내의 얼굴과 어울릴 것 같았다.

"반짝이는 빛깔이 아주 아름답네요." 하면서 아내는 목에 한번 걸어 봤다. 그때뿐이다. 목에 걸린 걸 본 적이 없다. 자기에게는 어울리지 않는다나 어쩐다나. 그 후 목걸이는 서랍 속에서 잠든 '백설 공주'가 되었다. 아직도 그 목걸이는 깊은 잠에서 깨어날 줄 모른다.

아내는 어떤 것이 명품인지 제대로 모르고 살아왔다. 나도 마찬가지였다. 무엇이 명품인지 알려고 애쓴 적도 없다. 혹 해외여행 다녀오는 친구가 자기 아내에게 구찌를 선물했다느니, 어떤 친구는 루이뷔통과 카르티에를 샀더니 카드가 가벼워졌다느니 할 때 나는 어떤 물건을 샀는지 묻지 않았다. 내가 아는 건 '롤렉스' 시계나 '버버리' 옷 정도에 불과했다.

아내에게, 조금은 값나가는 긴 코트와 목걸이 외엔 무엇을 사준 적이 거의 없다. 핸드백, 구두, 보석, 의상, 향수 등 소위 그런 명품들 말이다. 생일이라도 케이크나 꽃 한 송이를 내밀었을 뿐이다. 그래도 아내는 아무런 불만이나 불평을 하지 않는다. 그저 사랑하는 마음만 있으면 된다는 것이 아내의 지론이다.

두 아들이 장성하여 객지 생활을 한 이후로 작은아들 방은 아내의 방이 되었다. 컴퓨터가 있는 큰아들 방은 내 차지였다. 나는 밤늦은 시간까지 컴퓨터를 만지고, 아내는 작은아들 방에서 보내는 시간이 많아졌다. 아내는 그 방에 들어갔다 하면 보통 한 시간 이상 머물다 나온다.

어느 날 밤, 잠잘 시간이 되어 아내의 방문을 열었더니 아내는 다소곳이 기도를 하고 있었다. 누구를 위한 기도였을까. 아마 아들을 위해서, 아니면 나를 위해서. 요즈음 두 손자 녀석을 위한 기도가 포함되었을지도 모른다. 아마 고통받는 모든 사람을 위해서도 두 손을 모았으리라. 그 모습이 보기 좋았다.

선친께서 중풍으로 오 년을 누워 계실 때도 아내는 머리맡에서 그날의 복음 말씀을 읽었다. 큰아들이 사춘기 때, 말문을 닫고 쪽지로만 대화하던 삼 년여 세월을 견디며 기다릴 때도 저렇게 하느님을 찾았다. 내가 비틀거리거나 엇길을 가고 있을 때도 그랬으리라. 나는 가까운 곳에 명품을 두고서도 그 가치를 모르고 살아왔다.

문을 닫으려는데 아내의 손에 들린 묵주가 보였다. 십수 년 전에 내가 여행 갔다 오면서 선물한 그 묵주다. 저것을 아직도 간직하고 있다니⋯⋯. 순간 그제야 아내의 마음을 알게 되었다. 아내에게 소중한 것은 바로 저 시간이었던 게다. 명품 옷도 아니고 명품 가방도 아닌, 조용한 기도였구나. 유명 백화점에만 명품이 진열된 것이 아니었다.

조용히 방문을 닫았다.

거북바위

바다는 잊지 못할 사람들이 헤어졌다 만나는 곳인가. 바닷물은 하루에 두 차례씩 만났다 헤어지고, 헤어졌다가 만남을 거듭한다. 사람에게는 그리움과 아쉬움의 인연이라면, 썰물과 밀물은 이별과 상봉의 역사를 일구어 낸다.

고흥반도 끝자락인 발포리의 송 선장이 나를 불렀다. 감성돔이 산란을 위해 내만의 섬이나 수중 여 근처에 웅크리고 있다며 내 발걸음을 재촉한다. 포구는 크고 작은 섬들을 품에 안은, 바리때를 닮아 '발포鉢浦'라고 부른다.

해마다 잊지 않고 찾아가는 무인도이지만 여태껏 이름조차 몰랐다. 갯바위 낚시 포인트가 잘 형성되어 있으며, 숲이 시작되는 아랫목에 자란이 꽃을 피우고, 큰방울새란이 꽃망울을 매달은 그저 그런 섬으로만 알았다. 올해엔 왠지 그 섬의 이름이라도 알고 싶었다. 거북을 닮은 섬, '구도龜島'였다. 구도! 민족의 성웅 이순신 장군이 떠올랐다. 새삼 돌아보니 거대한 거북선 한 척이 금방이라도 머리를 앞으로 내밀고, 파도를 헤치면서 용맹스럽게 달려갈 듯 물거품을 일으킨다.

이순신은 1580년 7월 발포만호로 부임한다. 변방인 함경도에서의 하급 무관, 훈련원 봉사, 충청 병사의 군관을 거쳐 첫 수군水軍 지휘관이 된 장군은 18개월 동안 재임하면서 바다와 깊은 인연을 맺는다.

발포진은 장군의 첫사랑이었나 보다. 끝임없는 애정으로 바다에 관한 공부를 열심히 했으리라. 육지와 달리 날마다 달마다 시시각각 변하는 조류를 장군은 어떻게 보았을까. 해전에서는 병선의 많고 적음이 승패를 가름할 수 있겠지만, 바다의 변화무쌍한 현상이 결정적인 역할을 할 수도 있다. 12척의 배로 대승을 거둔 '명량해전'은 울돌목의 조류에 대해서 정확히 알았기에 가능했으리라.

발포진 주민들로부터 물때와 낚시를 배웠을까. 한산도 대첩은 감성돔 낚시를 실전에서 응용한 전투라고 볼 수 있다. 감성돔은 입질이 예민하다. 대부분의 바닷고기는 처음부터 우악스럽게 미끼를 삼켜 버린다. 감성돔은 그렇지 않다. 미끼를 한두 번 슬쩍 건드려 본다. 예신豫信이다. 안심이 되면 미끼를 물고 간다. 장군은 좁은 견내량에서 왜적을 슬며시 건드린 후, 한산도 앞바다로 유인하여 학익진을 펼쳐 대승을 거두었다.

바닷물은 하루에 두 번씩 만났다 헤어진다. 밀물과 썰물일 때엔 바닷물이 달리기 시합을 하다가도 만조나 간조가 되면 언제 그랬느냐는 듯 숨을 죽인다. 조류도 보름 간격으로 조금과 사리가 번갈아 일어난다.

지난번 감성돔 낚시는 빈손이었다. 조류에 따라 채비를 달리해야 하는데 그렇게 하지 못했다. 수심에 따라 찌도 높이거나 낮추어야 하는데 미련스럽게 처음 했던 그대로였다. 다른 낚시꾼의 조행기釣行記를 훑어보고 채비도 여러 가지로 갖추었으나 허공에 낚싯대를 던진 격이었다.

바다낚시는 마음먹은 대로 되는 게 아니다. 조류와 수온과 포인트 등 삼박자가 맞아야 한다. 세상살이가 내 뜻대로 되던가. 시행착오도 겪고, 본의 아닌 욕지거리를 얻어먹으며 무엇인가를 이루는 것이 아닐까. 옳은 일이라면 욕먹을 각오도 해야 한다.

다시 발포리를 찾아 갯바위로 가기 전, 발포진 성곽에 올랐다. 충무사는 닫혀 있어 참배하지 못하고 오동나무가 있었다는 터에서 앞바다를 내려다봤다. 정면으로 보이는 큰 섬이 오동도이고,

그 뒤편 너머로 구도가 보였다. 이순신은 이 자리에서 매일 바다를 지켜봤으리라. 여기저기 흩어져 있는 섬들이 물살을 일으키며 달려가는 전선戰船으로 보였을까.

성벽 언덕 아래엔 작은 만灣이 있다. 굴강掘江이다. 조선 시대 배를 수리하고 정박하던 곳으로, 바다 쪽에서는 잘 보이지 않는 오목한 곳이다. 늘 바다를 눈여겨보던 장군은 구도를 바라보며 거북선을 구상했을지도 모른다.

구도에서 장구섬으로 옮겼다. 썰물이 시작되었다. 감성돔 입질을 받았다. 환영의 인사인가. 꽤 버티다 모습을 드러낸 그는 역시 바다의 미녀다. 은빛 몸체는 햇살을 받아 번쩍거리고, 등지느러미를 곧추세워 패션쇼의 모델이라도 된 양 검은 눈망울을 굴리며 내게 다가왔다.

유월이라 햇볕이 따갑다. 짐을 챙겨 놓고 서쪽 그늘진 쪽으로 몸만 움직였다. 갯바위 끄트머리에 꽤나 큰 거북 한 마리가 웅크리고 있었다. 섬 밖에서는 한낱 바윗덩어리로 보였던 것이, 가까이 와보니 영락없는 거북이었다. 구도는 섬 전체가 거북이 형태로 내륙 쪽을 바라본다면, 장구섬의 거북바위는 서편 바다를 응시하고 있었다. 서쪽은 완도를 지나면 진도다. 울돌목을 주목하라는 눈짓이었을까.

장군은 노량 앞바다에서 숨을 거두었다. 바다를 사랑하고 나라를 지키려 했던 장군의 영혼이 첫사랑을 나누었던 발포진으로 달려와 머물고 싶었을까. 장구섬의 거북바위가 고개를 쳐들고 서쪽 하늘을 바라보며 금방이라도 앞으로 나아갈 듯하다.

송 선장이 장구섬에 도착했다. "선장님, 장구섬 서편 끄트머리에 거북이 닮은 바위가 있더군요. 이순신 장군의 영혼이 이곳과의 인연을 잊지 못해 여기로 흘러와 거북으로 환생한 것 같습니다."라는 나의 말에 선장은 고개를 끄덕였다. 장군은 잘 보이지 않는 곳일망정 말없이 오직 나라 사랑하는 마음으로 바다를 지키고 있었나 보다.

인연이란 쉽게 떨쳐 버릴 수 없는가. 하얀 파도가 밀려와 장구섬을 한 바퀴 휘돌아간다. 조선 수군의 함성과 왜군의 외마디 소리가 소용돌이친다. 400여 년 전의 시간이 장구섬 위에 머물고 있을까. 싸움을 독려하던 장군의 '수帥' 자 깃발이 휘날리는 것 같다.

다시 만날 것을 가슴속에 새기며 거북바위와 이별의 눈길을 나누었다. 갈매기들이 "끼룩-끼룩-" 소리치며 까치놀을 향하여 힘차게 날아오른다.

악수의 악수

바람은 따스했다. 그것은 많은 이의 기대 속에 부푼 꿈이었다. 너와 나 사이에 낀 묵은 때를 말끔히 씻어내고도 남을 만남이었다.

만남은 늘 새로운 역사를 만든다. 수없이 오간 사람과 사람, 주고받은 메시지는 마음을 사로잡고도 남았다. 이번만큼 그토록 애타게 기다린 적이 있는가? 태평양 하늘 위를 날고, 중국 대륙을 횡단하는 긴 시간을 지켜볼 때엔 적어도 그랬다.

사랑은 너와 내가 둘이 아닌 하나일 때 아름답다. 강요하지 않아도 모든 걸 줄 수 있을 때 더욱더 빛이 난다. 전부 다 벗으라고 강압하는 이나, 다 준다면서 아랫도리는 가리고 윗부분만 내놓으며 다 벗었다고 우기는 건 사랑이 아니다. 그럼 뭐라고 말해야 할까. 겉만 번지르르하고 실속이 없어서야 하겠는가. 서로가 입만 살아 그럴듯하게 차린 만찬은 누구도 즐길 수 없다. 서로에게 줄 듯 줄 듯 하며 돌아서는 모습은 차라리 아무런 약속도 하지 않음만 못하리라.

악수握手는 악수惡手로 끝났다. 친구라고까지 치켜세우던 말은 슬그머니 사라졌다. 달인의 솜씨를 보고자 했던 나는 울컥 치미는 화를 재우느라 며칠 밤 가위눌린 듯했다. 달라는 사람이나 주겠다는 사람이나 얻은 것 없이 남국의 하늘에 먹구름만 남겼다. 닭 쫓던 개가 된 기분이다. 무슨 긴 말이 필요하랴.

19년 2월 트럼프와 김정은!
악수를 나누었으나 악수를 두었으니
그들을 위한 만찬 자리에 공갈빵만 남았다.

바람이 비껴간 빈터에서 서성거리는 나! 따스한 바람은 언제 다시 불어오려나. 그들이 남긴 악수握手가, 악수樂手가 되기를 바랄 뿐이다.

신부님 믿지 마이소

주차하는 중에 전화가 왔다. "성님요, 고맙심니더." 방금 어머니가 운명하였다는 소식을 전하며 그가 내게 내뱉은 말이었다. 병석에 있는 그의 어머니에게 대세를 주고 돌아선 지 한 시간이 채 되지 않았다.

그는 3년 전에 '베드로'라는 세례명을 받았다. '레지오'에 입단하여 열정적으로 활동한 모범 단원이었다. 미사 전례 때 집전 사제를 도와 일하는 복사단의 일원으로서 봉사와 선교에도 열심이었다. 가까이 지내는 지인들을 세 사람이나 입교시켜 영세까지 받도록 돌봐주었다.

어느 날 미사를 마친 후 그가 내게 달려왔다. 벌겋게 달아오른 얼굴로 말까지 더듬거렸다. 무슨 일로 그러는지 무척 궁금하여 그의 등을 어루만지며 달랬다. 며칠 전부터 본당 신부님이 신자들과 개별 면담을 가지는 중이었다.

"신부님이 어찌 그럴 수 있어요?"

그가 인도하여 세례 받은 데레사가 면담 후, 그에게 하소연을 하더라는 것이었다. 학원 강사라지만 크게 인기가 없어 소득이 많지 않은데 교무금을 더 냈으면 어떻겠냐는 신부님의 권고에 그녀보다 그가 더 흥분하여 몸을 떨었다.

그날 이후 베드로는 성당에서 얼굴 보기가 힘들었다. 한 달쯤 지나자 그의 아내와 아들은 물론이고 아예 그들의 그림자도 볼 수 없었다. 도대체 무엇이 그에게 성당과 담을 쌓도록 했을까. 그가 남긴 말 한마디가 내 머릿속에서 소리 질렀다. '신부님이 어찌…….'

나도 그랬다. 처음 영세를 받고 누구보다 열심히 성당에 들락거렸다. 삼사 년 지나자 차츰 발걸음이 무거워지더니 결국엔 주일마저 걸러 버렸다. 그 당시 자주 들먹이던 신부님의 금전 이야기가 쉬 이해가 가지 않았다. 무엇 때문에 그러는지는 생각하지 않았다. 신부님은 돈이나 세속에 대해서 초월한 분이라고 여겼던 이미지에 커다란 금이 생겼다. 아내와 티격태격하다 상당한 세월이 지나서야 내 생각이 바뀌었다.

가톨릭 신부는 결혼을 하지 않는다. 자녀가 없으니 신자들이 곧 자식과 다를 바 없다. 재물을 모아야 쏟아부을 곳이 어디 있겠는가. 통장에서 불어나는 숫자를 보며 즐거워할 리 없다. 일반 사람들처럼 이 세상 떠날 때 한 푼도 가져가지 않는다. 오로지 하느님의 말씀을 전하면서 하느님 곁으로 인도하는 역할을 천직으로 여기며 살아갈 뿐이다.

새 성당을 신축하거나 증축하여 건축 자금이 필요하면 신자들은 기꺼이 주머니를 털어놓는다. 때로는 몇 년이 걸리더라도 적금 통장을 마련하여 약속된 바를 지키려고 무던히도 노력한다. 부자들보다 가난해 보이는 사람들이 더 적극적인 걸 많이 봤다. 가령, 어느 사람이 성당 건축 기금으로 한꺼번에 일억 원을 기부했다면 대단하다고 말한다. 수백억 원의 재산을 가진 그가 낸 기금은 1%도 되지 않는다. 전세금이 일억 원도 안 되는 집에 사는 사람이 매달 십만 원을 삼 년간 불입하는 것과 비교해보면 누가 더 많이 적선積善을 한 것일까.

간혹 사람들은 주객이 전도된 삶을 살아가는 것 같다. 강론을 잘하는 명품 신부님을 따라다니는 신자들이 있다. 설법을 잘 펼치는 큰스님에게 우르르 몰려다니는 불자들을 볼 때 어딘가 씁쓰레한 맛을 떨쳐 버릴 수 없다. 몇 년 전에 선종한 차동엽 신부나 평창에서 자연과 더불어 살아가는 황창현 신부가 유명한 배우처럼 미남이라서 신자들이 그들을 존경하는 것은 아닐 것이다. 거지처럼 살아온 중광 스님이나 가진 것마저 버리고 살다 간 법정 스님이 체격이 크고 잘생겨서 그들을 따르며 우러러보는 것은 아니다.

절에 가면 부처님을 똑바로 봐야 하고, 교회에서는 하느님을 제대로 만나야 하지 않을까. 신부님이 좋아서, 목사님이 마음에 들어서, 우리 스님이 멋있어서 좋다는 말을 들을 때, 기가 막힌다. 부처님이 뚱뚱하면 어떠하고 빼빼 말랐으면 뭐 그게 무슨 대수랴. 어떤 성당의 성전에 들어서면 십자고상에 매달린 예수님이 너무 말랐거나 반대로 약간은 비만인 경우를 보게 된다. 처음엔 놀라웠다. 왜 저리 생겼어. 미남은 아니지만 그렇다고 추하게 느껴지지 않았다. 차츰 신앙에 발을 깊이 들여놓으면서 겉으로 드러난 형상보다 내면의 정신을 보았을 때 비로소 예수님이 구세주로 보였다.

언젠가 가까이 지내던 한 교우의 말이 지금도 내 가슴 한쪽 구석에서 떠날 줄 모른다. "우리 신부님! 말이 왜 그래. 미사 때 강론이 그게 뭐야?" 자칫 나도 동조할 뻔했다. "신부님보고 성당에 다니느냐?"라고 쏘아 주고 싶은 걸 간신히 참았다. "신부님 믿지 마이소!" 그 말을 힘주어 해주고 싶었다.

벵기똥

쉬 잊을 수 없다. 한동네에 살던 계집애의 이름은 기억나지 않고 얼굴마저 희미하다. 그저 나이 탓이라고 말하기엔 시원치 않다. 어린 시절부터 마음 한쪽에 자리 잡아 쉽게 지워지지 않고 가끔씩 희미한 그림자처럼 떠오르는 그곳! 크게 신경 쓸 일이 아니라고 여길 수 있으나, 고향을 떠오르게 하는 이름 '벵기똥'이다.

예전엔 고향을 한 번 찾아보기도 힘들었다. 내가 태어난 곳은 전라남도 광양군이다. 백두대간이 지리산에서 마지막 용틀임으로 남해를 향하다 섬진강 하구 서편에 불쑥 솟아난 백운산이 병풍처럼 감싸고 있는 고장이다. 예부터 김의 명산지로 유명하며, 지금은 포항에 이어 제철공장이 들어서면서 인구가 증가하여 광양시로 승격되었다.

고향을 생각하면 '도치 바우', '돔뱅이', '벵기똥' 같은 지명이 머릿속을 채운다. 그 이름이 무엇을 의미하는지도 모르고 어린 시절을 보냈다. 그저 다른 사람들이 부르는 대로 불렀을 뿐이다. 어른이 되고 교편을 잡고 하나둘 그 뜻을 알아가면서 어릴 적 추억이 포도송이처럼 영글었다.

'도치 바우'는 광양에서 남서쪽 방향인 순천, 여수로 나아가는 서천 다리 밑의 큰 바위가 도끼를 닮아서 그렇게 불렀으리라. 여름이면 큰 아이들과 함께 그 바위 위에서 다이빙을 하며 바다에서 올라온 은어들과 더불어 헤엄을 즐겼다.

'돔뱅이'는 북서편 구례 쪽으로 난 서산교 밑의 큰 웅덩이를 그렇게 불렀다. 어느 한 해 장마가 끝나고 둠벙의 물이 적당히 줄어들었을 때였다. 동네 청년들이 광산에서 쓰던 다이너마이트를 구해 와서 터뜨렸다. 논두렁 뒤편에서 납작 엎드리고 지켜보던 나는 "꽝-" 소리와 함께 물결이 높이 치솟는 걸 보고 심장이 멈추는 줄 알았다. 물살이 잔잔해지자 메기, 뱀장어, 붕어 등 물고기들이 하얀 배를 하늘을 향한 채 드러누웠다. 어떤 것들은 물속에 가라앉아 몸부림을 쳤다.

'벵기똥'은 우산리 뒤편 언덕이었다. 한 아름이 넘는 해묵은 참나무가 많아 여름엔 장수풍뎅이나 사슴벌레를 잡으러 다녔으며, 가을엔 도토리를 줍던 아이들의 병정 놀이터였다. 왜 벵기똥이라 부르는지 궁금하여 여기저기 물어봤으나 그 연유나 유래를 명확하게 말해주는 사람을 만나지 못했다. 도치 바우나 돔뱅이처럼 사투리일까. 그렇다면 표준어는? 나름대로 여러 가지를 유추해 봤으나 시원한 답을 구할 수 없었다. 조선 시대에 무기고가 있던 곳이라 병기통兵機桶이라고 이름 지었을지도 모른다. 아니면 일본어로 병기통을 벵기똥이라고? 일본어 능력자에게 알아봤으나 그렇지 않다는 대답에 궁금증은 더욱 불어났다. 비행기를 사투리로 '벵기'라고도 말하니 설마 비행기를 넣어둔 통! 격납고가 있었다는 말인가. 벵기똥! '변기똥'이 연상되었다. 그렇다면 분뇨 처리장?

많은 세월이 훌쩍 지나갔다. 어린 나이에 고향을 떠난 지 60여 년이 넘게 흘렀다. 외삼촌이나 이모, 고모님도 이미 이승을 하직하였으며 이종, 고종 사촌들도 대부분 전국으로 흩어졌다. 막내 고모의 장남인 대섭 군이 유일하게 고향에서 만나는 사촌 동생이다. 나이 칠십을 넘긴 그는 공직에서 퇴직한 후에도 고향을 지키고 있다.

지난해 증조부모와 조부모님을 모신 광양 영세공원을 찾았다. 대섭이를 만나 "벵기똥이 무엇을 의미하느냐?"라고 물어보았다. 그도 확실한 답을 주지 못했다. 둘은 직접 그곳으로 차를 몰았다. 광양중학교 맞은편 언덕 자락에 광양문화예술회관이 널찍하게 자리를 잡고 반갑다는 듯이 자태를 뽐내었다. 회관 뒤안 잘 다듬어진 포장길 아래에서 시누대 무리가 반갑다며 손을 흔든다. 공원 윗부리에서 뒷걸음질로 내려오는 초로의 부부를 만났다. 처음 보는 내게 눈인사를 하는데도 고개를 숙인 내 입안에선 '뼁기똥'이 빙글빙글 맴돌았다. 언덕 가운데 삼거리 갈림길에 안내판이 얼굴을 내밀었다. 두세 번 연거푸 읽었다. 그때 비로소 수십 년 묵은 체증이 싹 가셨다.

〈광양읍 우산리 산저마을 뒷산 산등을 '빙고등氷庫嶝'이라 하는데 광양시지光陽市誌와 구전에 의하면 옛날 관청에서 설치한 얼음 창고가 있었다고 전해진다. 현재는 그 위치를 찾을 수 없으나 문화예술회관 남쪽에 위치했던 것으로 보인다. (중략) 빙고氷庫에서 유래된 지명으로 '뼁기똥', '벤기등' 등으로 불리고 있다.〉라는 내용이었다.

오랫동안 내 한쪽 머리에서 자라던 궁금증이 사라졌다. 그 지명이 왜 그리 오래도록 내게서 떠나지 않았을까. 손위 친척들의 이름은 애초 모르거나 알았더라도 제대로 기억하지 못하면서 '뼁기똥'엔 왜 그렇게 집착했을까.

비록 몸은 멀리 있어도 어이 고향을 잊으리오. 요즘 건망증이 자주 찾아온다. '이게 뭐지?' 인터넷을 통해 알아봐야지 하곤 화장실에 다녀와선 이내 다른 일에 빠져 버린다. 시간이 좀 지나서 야 생각이 나면 '내가 왜 이러지?' 하며 그래도 다행이라고 여긴 다. 과거는 잘 기억하면서 최근의 일은 그렇지 못할 때 치매 초기 라고 하는데……. 맞아, 그저 건망증이 좀 있는 거지 뭐. 조금이라 도 잊고 비우며 살아가야지.

모루

아버지가 이 세상을 떠났다. 추석을 앞두고 선산에 벌초하러 간 이튿날, 날도 새기 전 아내로부터 날아온 소식이었다. 팔 남매 가운데 임종을 지켜본 사람은 아무도 없다. 한마디의 유언도 남기지 못한 쓸쓸한 퇴장이었다.

아파트 16층 집에서 염습을 하였다. 운명하기 사 년 전, 어머니는 불의의 사고로 병원 영안실에 빈소를 차렸다. 아버지는 중풍으로 쓰러져 몸져누운 안방에 마련했다. 방 한가운데 병풍을 치고 소렴, 대렴을 마쳤다. 형제들은 한쪽에서 염습이 끝날 때까지 앉아 있었다. 천주교식으로 장례를 하여 별다른 복장이라든지 상식 같은 건 아예 차리지 않았다.

"오 년이나 누워 지낸 망자가 욕창도 하나 없네."

염을 하던 노인이 고개를 갸웃거리며 말했다. 옆에서 거들던 나의 눈이 휘둥그레졌다. 오른쪽 엄지발가락 옆에 탁구공만 한 것이 툭 불거져 있었다. 주말이면 안방에 딸린 화장실에서 아내와 함께 목욕을 시키면서도 그때는 왜 큰 관심을 두지 못했을까. 아버지가 검정 고무신을 즐겨 신으신 이유가 이것 때문이었을까.

하루아침에 만들어진 것이 아니다. 아버지는 엄지발가락 옆에 낙타의 단봉처럼 생긴 단단한 혹 하나를 저승길에까지 가져가려고 한다. 그 연유야 명확하게 알 수 없지만, 내 눈에 커다란 다래끼가 달린 것처럼 눈을 바로 뜨기가 힘이 든다.

아버지는 일찍이 염색 기술을 배웠다. 스무 살도 되기 전, 일본 오사카의 어느 염색공장에 청춘을 맡겼다. 온갖 궂은일을 도맡아 했으리라. 참을 수 없는 울분을 오롯이 받은 게 바로 발이었을까. 마음과 몸이 아플 때마다 애꿎은 돌덩이나 드럼통을 차면서 속을 달랬을지 모른다. 뼈처럼 단단한 살덩어리가 엄지발가락 한쪽에 눈망울을 부라리듯 매달려 있다.

최근에 식칼 자루가 갈라지면서 빠졌다. 생전에 어머니가 오랫동안 아끼던 것이라 버릴 수 없었다. 주방 한쪽에 웅크린 자루 없는 칼을 볼 때마다 '저걸 어떻게 하지?' 오며 가며 마음만 졸였다.

'대구 인근에 대장간이 어디 있을까?' 대가야읍 시장에 '고령 대장간'이라는 자그마한 간판이 보였다. 사십대 중반의 덩치가 크지 않은 젊은이가 벌겋게 달구어진 쇠붙이를 두드리는 중이었다. 신문지에 싸 들고 온 칼을 내밀었다. 3대째 이 일을 하고 있다는 그는 잠시 일손을 멈추었다. 5분도 채 되지 않아 잘 깎인 나무토막에 칼을 꽂아 주고는 하던 일을 계속한다.

불에 달군 쇠붙이를 쇠 받침대에 올려놓고 망치로 두드린다. 그의 머릿속에 그려진 모양대로 다듬었다가 물에 담그고 식히기를 반복한다. 수없이 두들겨 맞는 운명을 타고난 물건이다. 밑에 받친 게 뭐냐고 물었더니 '모루'라는 대답이 돌아왔다. 장인이 때리는 대로 맞아준다. 온몸으로 받쳐 주면서도 아프거나 뜨겁다고 비명을 지르지 않는다. 그저 묵묵히 자기 할 일을 다할 뿐이다. 툭 불거진 한쪽 면에 사각형과 동그라미의 뻥 뚫린 구멍이 보였다. 그 구멍을 이용하여 어떤 모양을 만들 때 몸을 내맡겨 비틀리는 아픔도 고스란히 받아내는 모루! 그는 성인이다.

어디선가 본 듯 가슴을 치미는 게 있었다. 아버지를 염할 때 봤던 발가락이 눈앞에 크게 다가섰다. 그때 본 아버지의 엄지발가락 옆에 툭 불거진 것은 당신이 지닌 모루가 아니었을까. 공장의 종업원으로 일하면서 아파도 아프다고 말하지 않았으리라. 생전에 눈물을 보인 적도 없다. 아버지는 진주조개였나. 말할 수 없는 아픔을 겉보기에 잘 드러나지 않는 발가락에 차곡차곡 쌓았을까.

아버지는 광복 직전 일본에서 아내를 병으로 잃었다. 첫 번째 아내에 관한 이야기를 끄집어낸 적이 없다. 가슴에만 묻은 채 전처가 남긴 남매와 재취한 아내로부터 얻은 5남 1녀를 거느리며 독한 화공약품을 맡으면서도 묵묵히 일했다. 여러 옷감에 온갖 색깔을 입히면서 눈을 호사스럽게 만들었다. 하루 일을 마치면 막걸리 몇 잔에 고달픔을 달랬으려니…….

마을을 지키는 장승처럼 살았다. 전처 자식이든 후처 자식이든 딱 부러지게 나무라는 일이 없었다. 우두커니 지켜보면서 어느 한쪽으로 치우치지 않으려는 심사였을까. 가정을 지키려는 듯 속으로만 삭이었으리라.

나는 어머니의 사랑을 많이 받았다. 열여섯 어린 나이에 재취로 시집온 어머니가 낳은 첫아들이다. 사랑을 받은 만큼 속앓이도 넘치도록 가슴에 안았다. 이복 누님이나 형이 말썽을 부리거나 속을 태우는 일이 있으면 고스란히 내게 쏟았다. 때론 영문도 모른 채 종아리에 회초리가 금을 그었다. 어깨를 짓누르는 게 아파야 하는데도 아프지 않은 손길이었다.

철들자 계집애 같은 일을 도맡았다. 누나는 스무 살 나이에 시집을 갔다. 아들만 여섯이고, 제일 막내가 여동생이다. 꼼짝없이 어머니를 도와 여식이 할 일을 할 수밖에 없었다. 빨래 다리는 일을 돕고, 메주콩을 삶아 절구에 찧어서 네모나게 만들어 처마 밑에 매달았다. 추석이 다가오면 지겨울 정도로 송편을 빚었고 설빔을 준비하기 위해 손에 물집이 생기도록 가래떡을 썰었다. 김장철이 되면 배추 두 접과 무 한 접을 소금에 절이고 씻는 일부터 양념 만드는 일까지 이루 헤아릴 수 없을 만큼 딸처럼 일했다.

언제부터 돌출되었는지는 모른다. 적어도 삼십여 년이 넘는 것 같다. 내 오른쪽 어깨뼈 위에는 새알심만 한 것이 하나 자리 잡고 있다. 어떻게 해서 생긴 것인지조차 알 수 없다. 통증이 없어 평소엔 있는지 없는지조차 모르고 지낸다. 목욕하다 어깨에 툭 튀어 나온 부분을 만지며 함께 살아갈 뿐이다. 그저 어머니가 내게 달아준 계급장이나 훈장으로 여기며 내 할 바를 다하며 살아간다. 당신이 영원히 잠들면서 내 어깨에 작은 모루를 얹어 놓고 떠났는지 모른다.

나도 하나의 모루였을까. 아버지의 아들로, 아내의 남편으로, 두 아들의 아버지로서 제대로 살아왔는지 돌아본다. 어깨에 얹힌 새알이 더 단단해지는데도 무겁지 않다.

내가 아끼는 골동품

골동품이란 미술적 가치가 있으며 오래되고 희귀한 것이다. 오래되었다고 하여 다 좋은 것은 아닌가 보다. 최근에는 일백 년 이상 되지 않았더라도 수집가들이 경매장에 몰려든다. 문화적, 역사적, 예술적 가치가 있다면 더욱 좋은 것으로 대접받는다.

오래된 것만으로 따지면 나도 골동품이다. 칠십 년이 넘었으니까. 가치가 있는 것인지는 모르겠다. 아무런 가치가 없다면 한낱 고물에 불과하여 언젠가 버려진다. 다른 사람들은 고사하고 아내가, 자식들이 나를 고물 취급한다면 어느 날 쓰레기통이나 길거리에 버려질지도 모른다. 버리지 않는 것으로 보아 아직은 쓸모가 있는 모양이다.

집 안 여기저기 살펴보아도 새것이 눈에 쉬 보이지 않는다. 지금 사는 아파트는 나이가 서른 살을 앞두고 있다. 사람이라면 한창 때의 청년으로 볼 수 있으나 아파트로선 늙은이다. 사람도 나이가 많아지면 잔병이 끊일 새가 없듯이 지은 지 오래되어 잔병 치레가 많다. 여기저기에서 배관이 터졌다느니, 녹물이 나온다느니, 고루고루 따뜻하지 않다며 주민들의 불만이 소나기가 내린 계곡 물처럼 넘친다.

2층에 거주하는 우리 집은 겨울이면 다른 집보다 추위를 더 탄다. 베란다의 창틀이 요즈음의 것이 아니어서 서생원이 쥐구멍 드나들듯 겨울에는 바람이 마구 활개를 친다. 유리창에 '뽁뽁이'를 붙여봤으나 기대한 만큼의 효과가 없다. 이불을 두 채, 세 채까지 덮어야 조금 덜 춥다. 지금 한창인 개별난방공사에 기대를 걸어보는 수밖에 달리 어쩔 방도가 없다.

지금 타고 다니는 승용차가 늙었다. 지난해 초등학교에 입학한 큰손자의 나이보다 두 곱이나 더 많다. 늙어서 가다 말고 쉬어간다든지, 느릿느릿 가지는 않는다. 아직도 고속도로에 얹어 놓으면 옛날 생각이 나는지 씽씽 잘 달린다. 130km, 140km로 신나게 달리다가 딱지를 몇 차례 받았다. 그래도 나는 그가 밉지 않다. 아직 달릴 수 있는 여력이 있다는 것은 꼭 나를 보는 것 같다. 병원에 가끔 출입하는 것도 닮았다. 그는 일 년에 한두 번은 카

센터나 정비공장에서 치료를 받는다. 주위에선 바꾸라고 하지만 쉽게 바꿀 생각이 없다. 아직은 탈 만하다. 나도 석 달에 한 번씩 고혈압 약을 받으러 심장내과의원에 간다. 아직 큰 병 없이 살아가니 얼마나 다행인가.

거실에 있는 가죽 소파는 오 년 전인가 처형 집에서 옮겨 왔다. 레자로 만든 원래의 소파는 이십여 년을 머물다 어디론가 떠나갔다. 중국산 식탁에 놓여 있는 나무의자 네 개는 고물상에서 얻어오다시피 몇천 원 주고 데려왔다. 컴퓨터 앞에 놓인 의자는 중고 가구 파는 데서 몇 푼 안 주고 업어 왔다. 다른 사람들은 돈 푼깨나 준 새것인 줄 안다. 크게 불편 없으니 아직 쓸 만하지 않은가.

아파트, 자동차, 소파, 의자 이것들이 고물로만 보이지 않는다면 내 눈이 잘못된 것일까. 아직은 충분한 가치를 지니고 있으니 내게 있어선 쓸 만한 물건이다. 버릴 수 없다. 언젠가는 내 곁을 떠나야 할지 모르지만 때가 아니다. 뭇사람들은 마구잡이로 버리기를 좋아한다. 이사철이 되면, 가는 사람이나 오는 사람이나 못 버려서 안달이다. 무슨 경연대회라도 벌이는 것처럼…….

가족처럼 아끼고 보살피던 반려견도 마구 버린다. 사랑할 때는 언제이며 유기할 때엔 어떤 마음일까. 버리는 데 있어서 이것저것 가리지 않는다. 어떤 사람들은 갓 낳은 아기도 버린다. 오랫동안 동고동락했던 남편도, 아내도 버린다. 무슨 까닭이야 있겠지만 버리는 것이 능사여야 어찌 사람 사는 세상이라 할 수 있겠는가. 부모가 늙고 병들었다고 버리는 사람들도 생겨난다. 고려장이 따로 없다. 좋았던 관계가 깡그리 무너지고 만다. 그것을 보고 자란 아이들이 그렇게 따라 하지 않을까 걱정이 된다면 나는 소인배인가.

아무리 둘러봐도 내 주위에 보이는 건 온통 낡고 오래된 것들뿐이다. 그렇다고 '진품명품' 코너에 감정을 의뢰할 만큼 희귀하거나 대단한 가치가 있어 보이지 않는다. 그런데 그들 중에서 유독 반짝반짝 빛나는 것이 있다. 사십 년이 넘도록 함께 살아온 아내다. 고물로만 보이지 않는다. 내가 아끼는 골동품이다.

몇 년간 파친코에 미쳐 많은 돈을 날려도 아내는 나를 버리지 않았다. 술독에 빠져 방황할 때에도 버림받지 않았다. 다른 사람들에게는 별 가치가 없을지라도 아내에게는 소중한 존재였나 보다. 아내 또한 내게는 무엇과도 바꿀 수 없는, 하나뿐인 귀중한 골동품이다. 잘 보관하고 아껴야겠다.

따스한 햇볕이 유리창에 한참이나 머물러 있는 오후 한때다. 베란다의 빨래 건조대에 앉아 있는 왕관 앵무가 "이쁘다.", "이쁘다!"라고 내 말을 따라 하고 있다.

지금도 목마르다

1965년 2월에 고등학교를 졸업하였다. 한 해 재수를 하고 서울에서 대학 1학년을 마친 후 해군에 지원 입대하였다. 39개월간 군 복무를 마쳤으나 복학하지 못하고 삼 년쯤 흘러갔다. 어렵사리 영남대학교에 편입학하여 1975년 2월에 학업을 마감할 수 있었다.

제대한 그다음 달에 친구와 한라산에 처음 올랐을 때의 일이다. 요즈음이야 한라산을 중심으로 여러 갈래의 도로와 탐방로가 잘되어 있으나, 1970년 그 무렵엔 그렇지 못했다. '탐라계곡'에서 점심을 해 먹기로 하고, '개미등'을 지나 '백록담' 아래 '용진각' 대피소에서 1박 한 후, 서귀포 쪽으로 하산하는 코스를 택했다.

버스를 타고 '관음사'에 내렸다. 탐라계곡에서 밥을 지으려고 물을 찾았으나 그 어디에서도 식수는 보이지 않았다. 어제 비가 적당히 내려주어서 탐라계곡에는 시원한 물이 철철 넘치리라 여겨졌던 것이 빗나가고 말았다. 등산 지도를 보고 나름대로 계획을 세웠으나 모든 것이 뜻대로 되지 않았다. 계곡을 벗어나 개미등에 오르자 물길은 영영 찾을 수 없었다.

있어야 할 곳에 찾는 것이 없다는 것은 절망감을 몰고 온다. 되돌아갈 수도 없다. 쉽게 포기한다는 것은 삶의 의미를 잃어버리는 것이다. 없으면 없는 대로 살아가야지.

백록담 바로 아래에 '용진각' 대피소가 있다. 그곳에 가면 식수가 있으리라는 희망을 안고 생 라면을 부숴 먹으면서 걸었다. 물통은 벌써 말라 버렸다. 라면 부스러기가 입안을 찔러 피가 났다. 목구멍이 불난 듯 타올랐다. 한참 가다 보니 움푹 파인 큰 바위에 전날 내린 빗물이 약간 고여 있었다. 무엇인지 모를 벌레들이 헤엄쳐 다니는 것을 입으로 "후-후-" 불어대면서 마셨다.

해군 신병 훈련소에서의 일이 떠올랐다. 훈련 막바지에 이르러 야간 행군이 있었다. 마산과 진해 사이의 터널을 통과하여 마산까지 다녀오는 훈련이었다. 정제된 소금 두어 알을 먹고 한 시간쯤 갔을까. 7월 초, 한여름 밤을 수놓는 개구리들의 합창이 가슴을 파고들었다. 땀이 뒤범벅되고 모기가 달라붙어도 느낄 수가 없었다. 온몸에 소금 알갱이가 돋아났다. 목이 말라 걸음을 옮기기가 힘들었다. 도로 아래로 내려갔다. 논 도랑물을 손으로 휘저어 마셨다. 무엇이 떠도는지 볼 필요가 없었다. 훈련소로 돌아왔을 땐 김장철 소금에 절인 배추가 되었다.

훈련을 왜 이리 힘들게 할까. '물을 마셔가면서도 할 수 있을 텐데…….' 하는 원망이 가슴 한쪽에서 불끈 솟아나더라도 어떻게 해. 그런 훈련이 훗날 삶의 활력소가 되었다. 벌레가 헤엄쳐 다니는 걸 보면서도 마셔야 했고, 어떤 물인지도 모르면서 들이켰던 물이 별 탈이 없었다. '죽기 아니면 까무러치기다.'라는 맘으로 살아왔다.

이십여 년 전 여름 방학을 맞아 거문도에 돔 낚시를 갔을 때의 일이다. 거문도 등대 아래 '배치바위'에서 혼자 야영하며 낚시하려고 배에서 내렸다. 풀 한 포기 나무 한 그루 없는 바위섬이었다. 8월 초, 바위는 사우나탕의 돌처럼 뜨겁게 달구어진 상태였다. 그늘진 곳이라곤 내 허리쯤 되는 선돌 하나가 유일했다. 낚싯대를 펼치려다 그만두고 한 말짜리 물통을 곁에 두고 연신 마셔댔다. 세 시간도 채 지나지 않아서 물은 3분의 1도 남지 않았다. 겉옷부터 하나씩 벗어나가다 팬티 차림으로 선돌 뒤에 쭈그리고 앉아서 햇볕을 피했다. 지옥불 속에 갇힌 꼴이었다. 바위도 달아

오르고 내 몸은 화끈거리고 온통 불덩어리였다. 마신 물은 곧 땀으로 배출되었으니 난 배수구 파이프였나.

해가 지려면 아직도 두어 시간이 남았다. 더 버틴다는 건 무리였다. 사방을 살폈다. 혹 작은 어선이라도 지나가면 구조 신호를 보낼 양이었다. 마침 저 멀리 지나가는 배가 있어 셔츠를 흔들었다. 고함을 질렀다. 팬티 차림으로 폴짝폴짝 뛰는 내 꼴을 '웬 미친놈이 춤을 추는가.'라고 생각했는지 배는 그냥 지나갔다. 물통의 바닥이 보였다. 하늘이 노랗게 물들며 햇살이 가까이 다가와 반짝였다. 셔츠와 모자를 양손에 들고 미친 듯이 뛰었다. 가까스로 작은 배 하나가 다가왔다.

군대 생활을 마쳤다. 제대하고 나면 복학할 수 있으리라는 기대는 사라졌다. 중학교, 고등학교에 다니는 동생이 둘에다 대학에 입학한 동생도 있었다. 넉넉지 못한 가정 형편을 생각할 때 서울에 다시 가겠다는 말이 나오지 않았다. 제대한 지 2개월도 되지 않아 한 지인의 소개로 2학기에 교사 자격증도 없이 어느 기술학교에서 학생들을 가르쳤다. 그렇게 삼 년이란 세월이 흘러갔다.

수업을 마치면 향교 뒷골목에 있는 '도루묵 식당'에서 막걸리 한두 사발을 마셨다. 시원했다. 안주로 내놓은 도루묵 두어 마리가 구수했다. 자격증도 없이 마시는 막걸리가 어느 날부터인가 시원하지 않았다. 내 인생이 이렇게 무자격으로 끝나는 것이 아닌가 하는 생각이 온몸을 휘감았다.

신병 훈련, 한라산 산행 등 육체적 갈증은 견딜 수 있었다. 그런 갈증은 당시만 버티고 이겨내면 오히려 추억이 되었다. 하지만 대학을 마치지 못한 것은 무척 힘이 들었다. 시원한 막걸리로도 갈증을 풀어내지 못했다.

올빼미가 되었다. 영남대학교 2부 대학에 편입학하여 야행성 동물이 되었다. 대학 등록금은 은행에서 주는 대출금으로 대었다. 그렇게 우여곡절 끝에 겨우 졸업할 수 있었다. 저녁 식사는 거의 거른 채 강의를 들었다. 4학년 졸업할 때까지 매 학기 22학점 이상 신청하여 간신히 졸업장과 교사 자격증을 손에 쥘 수 있었다.

고등학교를 졸업한 지 십 년 세월이 흘렀다. 늘 갈증 속에서 살았지만, 무엇보다 목말랐던 것은 대학을 제때 졸업하지 못한 것인 줄 알았는데 그게 아니었다. 학창 시절의 꿈이 퇴직 후 7년쯤 지나서야 내 몸에서 꿈틀거렸다. 그동안 숨죽여 살아오던 녀석이 어느 날 내 가슴속에서 튀어나왔다.

지금도 목마르다, 진솔하면서도 멋있고 맛있는 글 좀 써봤으면······.

화개장터

    강물은 너와 나를 구분하지 않는다. 만나면 그저 반갑다는 듯이 서로 껴안으며 하나가 된다. 언제 어디서라도 상대방을 배려하며 자기만의 고집을 피우지 않는다.

    지리산 '빗점골'에서 발원한 여울물은 쌍계사 앞 화개천으로 모인다. 물은 다시 십 리 벚꽃길을 굽이굽이 흘러 장터 아래 다리 곁에서 어머니를 만난 듯 섬진강에 안긴다. 지리산 주변에서 자란 온갖 약초와 녹차 그리고 두릅, 더덕, 취나물, 도라지들이 바다에서 살다 온 미역이나 다시마 그리고 멸치, 갈치, 조기, 고등어 등을 만나 살가운 인사를 나눈다. 사람들도 형제처럼 함께 어울리며 살아간다.

'빗점골'은 의신 마을에서 산속으로 십 리 남짓 들어가야 한다. 6·25 전쟁 직후 지리산에 거점을 두고 투쟁한 빨치산 남부군 사령관 이현상이 최후를 맞이한 곳이다. 무수한 골들을 얼레빗처럼 흘러온 개울물이 쌍계사 앞 여울에서 한숨을 돌린다. 좌우익을 묻지 않는 부처님 앞에 엎드려 합장하는 것일까. 물은 다투지 않고 말없이 아래로 흘러간다.

 두 손을 모으고 개울물을 바라봤다. 그날의 총격전을 말하듯 물살이 유난히도 반짝거린다. 이현상과 토벌대장 차일혁이 서로 노려보면서도 애타게 쳐다보는 것 같다. 그들은 이념의 소용돌이에 휘말려 5년간을 쫓고 쫓기는 싸움을 벌였으나 누가 이기고 지는 것은 아무것도 아니었으리라.

 섬진강은 어머니다. 좌익과 우익을 따지지 않는다. 차일혁은 사살된 이현상을 화개장터 섬진강 모래톱에서 화장하여 그 유해를 뿌려 주었다. 먼바다로 흘러가 자유롭게 살아가라는 염원이었을까. 이념의 마지막 불꽃을 태우며 그는 이곳에서 무슨 말을 남기고 한 줌 연기로 사라졌을까. '그도 어머니의 자식입니다. 받아주세요.'라고 차일혁은 속으로 속으로만 삼켰으리라. 강물은 멀리 떨어져 살다 이제 돌아온 자식을 맞이하듯 품 안에 안아 주었으리.

 십여 년 전이다. 영호남을 이어주는 남도대교. 화개장터에서 아래쪽으로 100m쯤 위치한 다리 아래에서 여름 한낮을 즐기는 몇몇 낚시꾼을 만났다. 강가에 앉아 한 노인을 바라보다 궁금한 말을 강물 위로 던졌다. "무슨 고기를 잡습니까?" 노인은 "은어 잡으라잉." 그러면서 스무 자도 넘는 긴 낚싯대를 하류 쪽으로 던졌다. 밀어 넣었다는 표현이 더 잘 어울릴 것 같다. 찌 없는 낚싯대를 약간 들면서 앞으로 슬슬 당기고 있었다. 그런 식으로 몇 차례 던졌다 당겼다. 자세히 보니, 낚싯줄 끝에 살아있는 은어가 매달려 있었다. 은어를 잡는다면서 은어를 물속으로 집어넣다니…….

 노인이 낚싯대를 공중 높이 들어올렸다. 은어 두 마리가 포물선을 그리며 노인 앞으로 달려왔다. 그는 왼손에 든 뜰채로 뒤따라오는 은어를 받았다. 슛한 공을 골키퍼가 잽싸게 받아내듯이 칠십이 훨씬 넘어 보이는 노인네가 정확하게 고기를 담았다. 나는 얼빠진 듯 터벅터벅 물속으로 걸어 들어가 그의 옆에 섰다. 그가 건져 올린 은어의 입술 테두리에 하얀 보석이 대여섯 개 반짝거렸다. 머리에서 등지느러미에 이르기까지 잘 익은 호박빛이었다. 자기 영역을 지키려고 고집을 피우다 걸려든 것일까. 잡힌 은어들을 여기저기 살펴봐도 호남이니 영남이니 하는 표식이 하나도 없다. '씨은어'를 가지고 '먹자리은어'를 잡아내는 '놀림낚시'다. 사이좋게 나누면서 살자고 했더라면 이런 일이 없을 텐데…….

흐르는 물속에서 나는 가까스로 서 있는데 노인은 잘도 버틴다.

"근력이 좋으시네요."

까맣게 그을린 노인의 얼굴을 보면서 지나가는 어투로 말했다.

"아니랑께, 인자 예전 같지 안당께."

물가로 나온 노인은 담배 한 개비를 입에 물었다.

"어데서 왔당까?"

"대구서 왔심니더."

노인은 의아스러운 눈빛으로 나를 바라봤다.

"저요? 태생지는 저쪽 강 건너 광양입니다."

섬진강은 서두르지 않는다. 여울물이 여유를 부리며 해를 품고 조용히 흘러가는 석양 무렵이었다. 노인은 다시 낚싯대를 강물에 집어넣는다.

나는 길 잃은 은어다. 영호남에 지역감정이 생긴 이후부터 나 자신이 어느 쪽 사람인지 혼란에 빠졌다. 학창 시절엔 전혀 느끼지 못했던 일이었다. 경상도와 전라도 사람이 어떠니 하고 서로 비방하여도 어느 한쪽 줄에 설 수 없었다. 가끔 고향이랍시고 찾아오지만, '먹자리은어'처럼 영역 싸움을 벌이는 틈바구니에서 이러지도 저러지도 못하는 한 마리 '씨은어'였나.

어릴 적 광양을 떠나 대구에서 육십여 년 넘도록 살았다. 군 복무하느라 잠시 떠난 적이 있으나 초등학교에서 대학교까지 줄곧 대구에서 다녔다. 누군가 "고향이 어디냐?"라고 물으면 난감했다. "대굽니다."라고 말하면 무언가 속이는 기분이 들었다. 그렇다고 "전라도 광양이라우." 대답하는 것도 내키지 않았다. 나는 전라도와 경상도에 걸친 녹슨 사다리 하나 가슴에 품고 살았나 보다.

화개장터는 지역을 가리지 않는다. 전라도 맛집이 경상도 식당인 '장터국밥' 등과 섞여 함께 장사하고 있다. 대장간의 조 노인이 낫이나 호미 등 농기구를 두드리며 이웃 약재상 광양의 박 씨 할머니와 어우러져 한판 구성진 노랫가락을 뿜어낸다.

> "구경 한번 와 보세요. 오시면 모두 모두 이웃사촌
> 고운 정 미운 정 주고받는 경상도 전라도의 화개장터"

화개花開는 화개和開다. 강을 사이에 두고 경상도와 전라도 사람이 만나 이야기꽃을 피우고 사이좋게 어울리는 곳이다. 지리산 이 골 저 골 계곡에서 모여든 물이 어울려 오면 섬진강은 어머니가 될 수밖에 없다. 무슨 이야기가 재미있는지 깔깔거리며 어깨동무를 한 채 백여 리를 흘러 드넓은 바다로 함께 간다.

섬진강은 침묵의 잠을 자고 있다. 올여름 다시 찾은 그 강은 아

침 물안개에 젖어 숨소리조차 내지 않는다. 좌우를 둘러봐도 보수니, 진보니 하는 말을 들을 수 없다. 김 노인의 그림자만 물결 위로 흐른다. '씨은어 놀림낚시'를 즐기던 노인이 은어를 찾아 그들의 고향으로 함께 떠났을까. 장터엔 산약초와 고등어가 마주 보고 웃으며, 더덕과 미역이 얼싸안는다.

"본시 오랜만이구먼."

"긍게 말이시. 별일 없었지라잉."

"사람 일 우에 아노. 인연 이쓰 또 만날 끼라."

화개장터엔 경상도, 전라도가 따로 없다. 인사말이 정겹게 오가는 장터를 아침 햇살이 포근하게 덮어준다.

4
봉할매

오늘도 아내의 얼굴에 웃음꽃이 피었다.
손자와 영상통화를 하며
"할매, 잘 있다."라고
횃불 하나를 올린다.

오빠! 건강하지라우

    그녀의 손에 빨간 동백꽃이 피었다. 영광굴비로 유명한 법성포에서 10여 톤 정도의 작은 객선이 네댓 시간을 달려야 닿을 수 있는 안마도. 진해로 전출하는 해군 Y 수병을 친구들과 함께 기다렸다. 객선에 오르기 전 그의 목에 꽃목걸이를 걸었다. 까무잡잡한 처녀들이 손을 흔들며 '섬마을 선생님'을 목청껏 부른다. 끝소절까지 다 부르지 못하고 흐르는 눈물을 물거품처럼 바다에 뿌린다. "붕- 부웅-" 목멘 뱃고동 소리만 선창에서 맴돌다 떠나갔다.

    그는 갑판 난간에 기대어 눈을 지그시 감았다. 지난 1년 7개월이란 세월이 멀어져가는 뱃고동 소리와 함께 수평선 위에서 너울

너울 춤을 추고 있었다. 눈가에 이슬이 맺혔다.

저녁노을은 아름다웠다. 너무 자주 보니까 물릴 때도 있었다. 자그마한 섬이라 변변한 음식점 하나, 특별히 쉬거나 갈 만한 곳이 없었다. 외출을 나와도 부둣가나 초등학교 옆 구멍가게에서 술을 마시거나 마을 이곳저곳을 어슬렁거리다 부대로 돌아가 TV를 보는 게 다반사였다.

지난해 레이더 기지가 생기고 해군이 주둔했다. 대민사업의 일환으로 중학교 과정의 야간학교가 문을 열었다.

그는 선생님이 되었다. 이십 세 전후의 남녀 사십여 명이 모였다. 동생들 같았다. 부대에서 취사병으로 근무하면서 야간에 교습한다는 건 쉬운 일이 아니었다. 배우고자 모여든 그들의 눈망울을 바라보면 없던 힘이 솟아났을까.

그녀는 또래의 친구들과 초등학교 교실에서 ABCD를 익혔다. 꼬부라진 글자도 문제였지만 발음이 더 힘들었다. 그래도 재미있었다. 처음 배우는 영어가 차츰 낯설지 않게 되었다. Good morning! How are you? 혀가 잘 움직이지 않아도 좋았다. 밭일하면서도 간밤에 배운 내용을 익혔다.

초등학교를 졸업한 지 대개 사오 년이 지난 남녀들이었다. 낮에 힘들게 일하고 와서 꾸벅꾸벅 조는 학생도 있었다. 선생님은 설거지를 끝내고 와서도 졸지 않았다. 풍금 반주도 없이 책상을 두드리며 노래할 땐 모두 밤하늘을 향해 "나의 살던 고향은~"이라며 소리를 크게 내질렀으리라.

사회 과목을 배울 때엔 귀가 솔깃했다. 선생님은 교과서 외의 이야기를 많이 들려주었다. 섬에서 태어나 자라고 초등학교를 졸업했으나 교과서 외적인 이야기를 들은 것은 거의 없었다. TV 드라마나 영화 이야기는 남의 나라 전설을 듣는 것 같았다. 도시에 가서 살고자 하는 마음이 싹텄다. 그녀는 어머니처럼 섬에서 늙고 싶지 않았다.

Y 수병이 무작정 좋았다. 중학교 과정을 가르쳐주는 선생님이라서 그런 게 아니라 경상도 특유의 말씨가 생소하면서도 정이 갔다. "일하고 공부하느라 힘들 끼구먼?" 처음엔 무슨 말인지 잘 몰라 어리둥절했다. '공부하다 들켰다는 말인가?' "이기 뭔고 하면 말이지요." 자주 듣다 보니 알아들을 수 있었다. 전라도와 경상도 사투리뿐만 아니라 섬과 뭍에도 이런 차이가 있을 것이란 막연한 생각이 들었다. 그래도 표준어를 많이 사용하여 큰 불편은 없었다.

선생님보다도 오빠라고 부르고 싶었다. 열일곱 처녀가 갓 스무 살이 넘은 군인을 그렇게 불러도 되는지 잠자리에서도 몸을 이리저리 뒤척였다. 그랬다. 처음 가져보는 부푼 마음이었다. 그저 오빠라고 부를 수만 있어도 좋을 것 같았다. 공동 우물에서 물을 길어올 때 군부대를 쳐다보며 입 속으로 몇 번이나 되뇌었다. '이래도 되는지?' 혼자 묻고 답하며 웃음만 골목길에 날렸다. 풍선에 바람이 빠져나간 듯했다.

그녀는 숨이 멎는 줄 알았다. 처음 그를 만난 날 그의 짙은 눈썹이 눈앞에서 어른거려 눈을 제대로 뜰 수 없었다. 군인은 매서운 눈초리와 검은 얼굴로 겁을 주리라 여겼는데 영 딴판이었다. 곱상한 인상에 말씨도 거칠지 않았다. 반말을 쓰는 경우도 있으나 대개 높임말을 써 인격적인 대우를 받는 기분이었다. 선생님이 백열등 아래에서 빛나는 눈빛으로 그녀만을 바라보는 것 같아 수업이 끝날 때까지 고개도 제대로 들기 어려웠다.

어느 일요일 낮 점심때 그를 초대했다. 섬에서 주식이다시피 먹는 고구마 죽을 한 번 맛봤으면 하는 걸 그녀는 마음속에 꼭꼭 접어두고 있었다. 고구마를 갈아 채에 걸러서 전분 덩어리를 밀가루 수제비 하듯이 만들었다. 일반 수제비는 뽀얀 색깔이지만 고구마 수제비 국물은 거무튀튀했다. '선생님이 이걸 과연 먹을까?' 가슴이 조마조마했다. 보리밥도 제대로 먹기 힘든 섬에서 하얀 쌀밥은 설날이나 조부모, 아버지 제삿날 같은 때에 구경하면 다행이었다. 일 년에 한두 번 먹을 둥 말 둥 그랬다.

"별미입니다." 한 그릇을 더 달란다. 그녀도 입맛을 다시며 한 그릇을 더 먹었다. 평소에는 그저 그랬는데 오늘따라 유별나게 맛이 좋았다. 동치미도 시원했다. 집에서 고구마로 담근 시커먼 소주를 두 잔 마신 선생님의 발걸음이 가볍게 뜨락을 나섰다. 등 뒤로 낮에 나온 반달이 살짝 웃음 짓고 있었다. 그녀는 속으로 속으로만 '오빠- 오빠-' 하고 두세 번이나 불렀다.

10여 년이 해풍과 같이 흘러갔다. 그녀의 사립문 앞에 웬 낯선 사내가 기웃거리고 있었다. 청바지 차림이라 남편과 함께 일하는 어부라고 여겼다. 가까이서 보니 동백꽃 목걸이를 걸고 떠났던 선생님, 오빠였다. 그녀 뒤로 숨는 딸아이를 보듬으며 인사를 했다.

"아니, 오빠 어쩐 일이라우."

남편은 어부였다. 그녀는 동네에서 함께 자라온 사람과 결혼하여 딸 하나를 두고 있었다. 그가 떠난 후 그의 이름까지 지우고 살아왔다. 그런 그가 나타났다. 고등학교 교사가 되어 여름방학을 맞아 안마도로 낚시를 왔다고 했다. 그도 결혼하여 사내아이가 둘이라고 한다.

그가 남기고 간 전화번호를 하루에도 몇 차례 뚫어지도록 쳐다봤다. 마음이 제비처럼 뭍으로 나가 날아다녔다. 그녀는 우리도 육지에 나가 살자고 남편을 졸랐다. 딸아이가 둘이나 더 태어났다. 그 아이들에게 섬 생활을 대물림하고 싶지 않았다.

어선을 처분했다. 목공 일을 하며 목포로, 광주로, 경기도 안산

 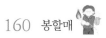

으로 자리를 옮겨 다니며 도시 생활에 적응하는 데 애로가 한둘이 아니었다. 텃밭에서 가꾸던 온갖 채소를 사먹는 것도 익숙하지 않았다. 내 밭에 없는 것은 이웃집에서 거저 얻어오기도 했었는데 뭍에서는 그렇지 않았다. 생선도 돈 주고 산 적이 없는데 도시에선 멸치나 꽁치 한 마리도 돈을 주고 사야 했다. 그녀도 발 벗고 생활전선에 뛰어들었다.

힘들 때마다 안마도를 생각했다. 부대에서 힘들게 취사병 생활하면서 쉬어야 할 야간에 공부를 가르치던 Y 수병이 보름달처럼 떠올랐다. 학교에 다니기 시작한 세 딸아이를 볼 때마다 없던 힘마저 솟아났다. 어떻게 하든 저 아이들에겐 배움의 기회를 놓치지 않고 가르쳐야 한다며 다짐했다. 노상에서 갈치와 조기, 고등어 같은 생선을 팔면서도 웃음을 잃지 않았다.

이젠 돌아가고 싶어도 돌아갈 수 없다. 몇 년 전에 가 본 안마도는 달라도 너무 달랐다. 안마 분교가 폐교되었다. 함께 야학했던 친구들도 뭍으로 빠져나간 섬엔 몇몇 어부들과 노인네들의 처량한 천국이다. 가정마다 수도가 들어와서 마을의 여론 장소였던 공동 우물은 메워져 잡초가 우거졌다. 여기저기 빈집들이 그녀에게 서글픈 인사를 보내고 있을 줄이야.

세 딸아이도 대학을 마쳤다. 마음에 맞는 신랑을 만나 오순도순 살아간다. 외손자만 넷이다. 세월의 흔적이, 썰물이 남기고 간

바닷가처럼 얼굴에 가느다란 선을 남겨 놓았다. 그녀도 이제 건강을 염려하게 되었다. 눈이 침침하고 허리도 아픈 데다 걸음걸이마저 예전 같지 않았다. 시간과 공간을 되돌리고 싶은 마음은 조금도 없었다.

"오빠~ 건강하지라우?"

안부 전화가 왔다. 50여 년이 지났지만 변함이 없다. 그러고 보니 나도 나이 70이 넘었지만, 그녀도 70이 코앞이구나.

"아직 괜찮아."

단순히 육신의 건강만을 묻는 안부가 아닌 것 같다. 사실 어딘가 몸이 아프고 마음이 불편하더라도 어찌 그 이야기를 다 할 수 있는가. 그저 서로 평안하기를 바랄 뿐이지.

한겨울을 이겨낸 동백꽃이 봄을 향해 고개를 내밀고 있다.

무학사의 봄, 여름

조용한 산사에 들어갔다. 같은 동네에 사시는 성 씨 할머니의 고향인 경북 영일군 죽장면 보현산 기슭에 있는 작은 암자를 소개받았다. 예전에 학이 춤추던 곳이라는 무학사舞鶴寺였다.

고등학교를 졸업하던 해, 서울 K 대학교 상경대학에 원서를 냈으나 미역국을 먹었다. 조금도 억울하거나 아쉽지 않았다. 원하던 학과가 아니었기에 오히려 잘 되었다고 마음먹었다. 아버지의 말씀이 앞으로는 경제가 대세라며, 경영학과에 지원하기를 강권하다시피 했다. 사실 신문방송학과를 가고 싶었지만, 아버지의 명을 따를 수밖에 없었다.

무학사는 새로운 것을 일깨워주었다. 인생의 참스승이었다고

나 할까. 여러 가지 달콤한 말로 가르치는 것이 아니라 온몸으로
알려주었다. 재수한답시고 산중에 들어와서 나도 모르는 사이에
자연 공부를 하게 되었고 인생 공부를 한 셈이었다.

산골은 평야 지대보다 모내기가 일찍 시작되었다. 오월 초, 절
아래 현내리에 사는 한 무리의 사람들이 절 앞을 지나가게 되었
다. 무학사 바로 위 골짜기에 제멋대로 생긴 논들이 있었다. 오늘
모심기를 한다기에 그들을 따라나섰다. 못줄을 놓고 남녀노소
가릴 것 없이 무논에 들어갔다. 종아리를 걷어 올리고 그들을 도
왔다. 처음 해보는 일이었다. 서서히 피곤이 몰려오기 시작했다.
중참을 가져왔다. 막걸리부터 한잔 들이켰다. 속이 시원했다.

다시 모심기하는데 어느 아낙네가 바지를 허벅지까지 걷어 올
린 나를 보고는 느닷없이 하는 말이

"아따, 총각! 그라다가 불알 흘리갔소."

"걱정 마이소. 잘 감추어두고 왔습니다."

"아따, 총각! 농담도 잘하네그려. 아이고 마! 종아리에 거머리
붙었다."

"그래요. 아마 처녀 거머리인 모양이죠."

모두 한바탕 자지러지게 웃었다.

모심기는 함께 일하는 사람들이 자연스레 스스럼없이 어울리
는 멋진 일터였다. 점심을 더 푸짐하게 차려왔다. 상찬上饌이었다.

 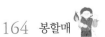

돼지고기 같은 건 없어도 정구지 지짐에다 멸치, 마른오징어 볶음까지 곁들여, 고기에 걸신 든 나로선 진수성찬이 따로 없었다. 모내기는 3일 동안 계속되어 나는 막걸리를 매일 마실 수가 있어 참 좋았다. 그때 풋고추를 된장에 찍어 마신 막걸리는 참 맛있었다.

모내기가 끝난 산골 논은 개구리들의 천국이었다. 짝을 찾는 가요 경연장이 되었다. 이쪽 논에서 "개굴개굴" 하고 소프라노로 선창하면 저쪽 논에선 알토로 "개골개골" 화답의 노래를 불렀다. 어느새 신혼여행을 다녀온 개구리는 아이들만을 남겨두고 풀숲으로 하나둘 떠나갔다. 개구리가 떠난 자리에 매미들이 벼들에게 '어린이 행진곡'을 쉼 없이 불러주었다. 벼는 장마철을 무사히 넘기고 햇볕에 무럭무럭 자라났다.

모내기가 끝나고 하지 감자를 캔 후, 칠월 중순께 산골 마을에는 담배 말리는 작업으로 바빠졌다. 처음 아랫마을에 놀러 갔을 때, 동네에 몇 있는 원두막을 보고 저게 왜 집 안에 있느냐고 물었다. 그것은 원두막이 아니라 담뱃잎을 말리는 담배 건조실이라나. 팔 길이만큼 자란 담뱃잎을 따서는 무청 엮듯이 새끼줄로 길게 땋아 차곡차곡 걸어두고 훈제하듯 밑에서 불을 때는 것이다. 옹기 굽는 가마처럼 불은 일정한 온도를 유지하여 담뱃잎이 누런 빛깔로 잘 건조되어야 좋은 등급을 받는다.

어느 날 마을에 사는, 나보다 두 살 아래인 영철이가 나를 초대했다. 영철이와 나, 그리고 이름을 알 수 없는 마을 처녀와 함께 감자를 구워 먹으면서 '담배막'에 불을 지폈다. 구운 감자가 그렇게 맛이 좋은 줄 몰랐다. 시커멓게 변한 입 언저리를 서로 쳐다보면서 부끄러움도 모른 채 크게 웃었다. 담배막 바깥은 어둠에 갇혀 있었다. 하늘의 별들이 서로서로 손을 잡은 듯 밤새 반짝거리며 머리 위에서 우리를 지켜보고 있었다. 밤을 새웠다. 그때 먹은 구운 감자 맛은 지금도 잊을 수 없다.

산중에서의 모내기, 담뱃잎 건조하기는 많은 인내와 땀을 요구했다. 흘린 땀방울만큼 인생의 구수함과 감미로움을 맛볼 수 있는 좋은 시간이었다. 인생이 뭐 별다른 것인가. 자연과 사람이 함께 살아가는 것이 우리네 삶이 아닐까. 다시 맛볼 수 없는 맛! 무학사舞鶴寺는 무학사無學師였다. 도시에서 자란 내게 자연을 일깨워 준 또 다른 스승이었다.

무학사를 떠나며

선선한 가을바람이 오리나무 이파리를 흔들어대지만, 아직 잎
이 떨어지기엔 이른 계절이었다. 무학사에서의 재수 생활을 접어
야 할 때가 왔다. 못다 한 공부는 학원에 다니면서 하라는 어머니
의 하산 명령이 떨어졌다. 그랬다. 제일 어려워하고 잘하지 못하
는 과목이 수학이었다. 복잡한 계산 같은 것을 원천적으로 싫어
했다. 답이 정해져 있다는 것이 맘에 들지 않았을까. 정해진 길로
가야 한다는 것, 그것이 못마땅했는지도 모른다. 길이란 여러 갈
래가 있어 그 길은 정해진 것이 아니라 각자의 선택 문제라고 여
겼다.

무학사는 수학을 더욱 멀리하게 했으나 자연을 이해하고 가까

이하는 멋진 삶을 일깨워 주었다. 척박한 도시 생활에 젖어온 나에게 무엇과도 바꿀 수 없는 학습을 제공해준 곳이다. 자연의 순리! 물론 도시에서도 느낄 수 있지만, 무학사에서 느낀 자연의 숨결은 늘 나를 감싸주었다.

골짜기에 흐르는 개울 돌쩌귀를 뒤적이면 크고 작은 가재들이 뒷걸음치면서 줄지어 걸어가고, 버들치들이 오르락내리락 물장구를 치는 정경은 내 살던 대구 신천에서는 도저히 볼 수 없는 광경이었다. 모내기하려고 논에 물을 가두어 놓으면 참개구리들이 결혼행진곡을 노래하고, 아침 이슬 내린 풀숲에서는 청개구리가 밝아오는 하늘을 보고 미소 지었다. 졸졸거리며 흘러가는 작은 개울에선 무당개구리 수컷이 제 몸보다 두 배나 큰 암컷 등 위에 올라타서 "깨 애액 꽥꽥 깨 애액—" 내지르는 소리가 이 산 저 산에 메아리칠 때, 봄은 축하라도 하는 양 개나리와 진달래꽃 등 수많은 꽃잎을 봄바람에 흐드러지게 날려 보냈다. 그리고 얼마 후 꽃잎이 진 웅덩이 여기저기엔 수많은 올챙이가 헤엄치고 다녔다.

더덕이며, 두릅, 비비추 같은 봄나물이 왜 그리도 향기로웠을까. 모내기하면서 마셨던 막걸리 또한 기막히게 시원했다. 한여름 아랫마을 '담배막'에서 꼬박 밤을 새우면서 먹었던 구운 감자가 구수했다. 밤새도록 우리를 지켜본 별들은 그렇게 아름다울 수가 없었다.

인절미는 쫄깃하면서도 맛있었다. 할머니의 막내딸 순남이 그리고 아랫마을 영철이와 함께 부엌에서 쪼그리고 앉아 밤을 새우다시피 만들었다. 그날 밤 보살 할머니의 코 고는 소리와 소쩍새 소리는 산사의 새벽을 재촉했었다.

무학사에서 하산하는 날이었다. 절 입구에 있는 큰 소나무 아래에 보살 할머니가 합장한 채 오래도록 망부석처럼 서 있었다. 어쩌면 막내아들을 대처로 보내면서 마음이 놓이지 않는 그런 심정이었을까. 나도 가다가다 한참이나 뒤돌아보며 서 있었다. 흐르는 개울물 소리가 졸졸거리며 내 옆에서 한참이나 따라왔다.

수학은 정말 싫었다. '1+1=2'라는 정해진 답이 내게는 못마땅했는지도 모른다. 1일 수도 있고, 3일 수도 있는 게 아닐까. 그것이 인생이 아니겠는가. 아직 안 가본 길을 가보는 것도 삶의 의미를 주지 않을까. 고등학교를 졸업하면서 꿈꾸었던 학과는 갈 성적이 못 되었다. 지금 내 실력으로는 많이 부족하다는 걸 알게 된 나로선 다른 길을 선택할 수밖에 없었다.

산중에서 보낸 6개월, 후회는 없다. 아쉬울 것도 없다. 교과서에서 배울 수 없었던 많은 것을 내게 가르쳐주고 일깨워 준 무학사였다. 길은 정해진 것이 아니라 걸어가든 뛰어가든 내가 가는 그 길이 나의 길이 아니겠는가. 비록 실패가 있더라도 그 길로 가

보아야겠다.

길을 떠났다

아이는
첫새벽에 길을 나섰다.
아무도 가르쳐주지 않은 길 위에서
하늘을 바라보았다.
샛별이 붉은 웃음을 짓고 있었다.

햇살이 어둠을 밀어낸
골목 돌담 사이에서
달개비꽃이 파란 웃음을 흘리고 있다.

어디 가느냐고?

머리 위에서
기러기들이 노래 부른다.
기럭- 길- 기럭- 길-
길이 보이지 않는다.

바람이 살랑살랑 불면 부는 대로
물살이 속삭이면 속삭이는 대로
소년은
초승달에 몸을 싣고 하늘을 날아간다.

함께 산다

마리아 수녀 그리고 아내와 함께 점심을 먹었다. 그녀는 캄보디아 오지에서 선교 활동을 마치고 귀국하여 친구인 데레사 숙이를 만나러 왔다.

숙이와 명이는 천주교에서 한날한시에 세례를 받았다. 명이는 마리아, 숙이는 데레사라는 세례명을 가졌다. 서로 다른 직장에 다니지만, 교리가 있는 날 저녁은 학창 시절로 돌아간 듯 옆자리에 다시 같이 앉는다. 그들은 고등학교 단짝 친구이다. 신장이 비슷하여 같은 책상에 앉았다. 양쪽으로 묶은 머리카락처럼 둘은 화장실도 같이 다녔다. 등교하여 하교할 때까지 붙어 다녀 다른 학우들로부터 곧잘 시샘을 받았다.

명이는 고등학교 2학년 가을에 어머니를 여의었다. 예상하지 못한 어머니 사별 후, 아버지와 형제자매들이 있는데도 불구하고 세상에 홀로 남겨진 듯한 허전함과 고통이 온몸을 휘감았다. 그녀는 삶의 의미와 죽음, 참된 행복의 의미에 대하여 끝없는 물음을 던지며 혼자 깊은 사색의 시간을 보냈다. 학교를 마치고 직장 생활을 하던 어느 날 성당을 찾게 되었다.

숙이는 간호대학에 입학하였다. 교편을 잡던 아버지가 회갑 잔치할 기회도 없이 세상을 떠났다. 기숙사에서 생활하면서 백의의 천사가 될 꿈을 키워 나갔다. 그녀의 큰오빠는 의과대학을 졸업한 얼마 뒤 미국으로 떠났다. 병동에서 실습할 때 청진기를 귀에 꽂은 의사들을 볼 때마다 이민 간 큰오빠가 그리웠다.

숙이도 명이가 던진 물음을 골똘히 생각해봤다. 사람은 무엇으로 사는가? 왜 늙고 병들어 아파해야 하는가? 창문에서 기웃거리는 보름달을 바라보면서 며칠 잠을 설쳤다. 응급실에 실려온 환자보다 가족들이 더 울부짖을 때 죽음이 남의 일 같지 않았다. 사람은 죽어서 어디로 가는 걸까. 그녀는 아버지의 죽음을 곁에서 지켜보지 못했다. 아침에 잠에서 깨어나 보니 몸이 차갑게 식어 있더라는 것이 어머니의 말이었다. 평소 술도 드시지 않는데 심근경색이 찾아와 아버지를 밤새 데려가 버렸다. 그녀는 뒤늦게 눈물만 한껏 쏟아냈다.

명이와 숙이는 천주교회 교리반에 등록했다. 학교에서는 들을 수 없는 이야기가 많았다. 하느님이라는 존재에 대해서 어렴풋이나마 알 수 있었다. 하느님뿐만 아니라 다른 종교에 관해서도 이해하는 기회가 되었다. 신이라고 하면 그저 허황한 것으로 생각했는데 알고 보니 그게 아니었다. 하느님은 하늘에 있을 거라고 알았지만, 그것도 잘못된 생각이라는 걸 알았다. 6개월간 교리 공부를 하고 세례를 받은 젊은이들이 모였다. 남자 3명, 여자 5명의 교리반 동기생이 청년회를 만들었다. 한 달에 한 번씩 양로원 같은 시설을 방문하여 봉사활동을 함으로써 또 다른 삶을 돌아보는 기회가 되었다.

명이는 예수님을 따르는 새로운 삶을 살기 위하여 수녀원에 들어갔다. 속세의 탈출이 아니라 하느님과 좀 더 가까이 있고자 하는 마음이 늘 샘솟듯 하였다. 수녀원에 입회하여 하느님과 이웃을 더 잘 사랑하는 법을 배우고 익혔다. 자신을 하느님께 온전히 봉헌한 종신서원 수녀로서 이제 백발의 할머니가 되어 노인 요양원에서 봉사하고 있다.

숙이는 졸업하고 정식 간호사가 되어 대학병원에 들어갔다. 하루 8시간 근무하지만, 생각보다 쉬운 일이 아니었다. 의자에 앉아 쉰다는 건 꿈같은 일이었다. 병실을 돌아다니며 아픔을 호소하는 환자의 불편을 내 가족을 대하듯 돌봤다. 혈관을 찾아 영양

주사를 놓았을 때, 팔뚝이 너무 굵은 환자의 혈관을 잘못 찾아 두세 번 바늘을 찌르다 보면 그녀 역시 가슴을 찔린 듯 아팠다.

　마리아 수녀는 캄보디아 오지의 선교활동에 나섰다. 현지인들과 소통하기 위해 캄보디아어를 배우고 익혔다. 열악한 환경에서 살고 있는 어린이들과 청소년들을 교육하고 가난한 사람들에게 봉사하면서 하느님 말씀을 전하였다. 에어컨은 꿈도 꿀 수 없었고, 선풍기도 피곤한지 쉬는 시간이 많았다. 아열대 기후와 음식이며 풍습이며 문화가 다른 나라에서 적응하는 것은 만만치 않았지만, 예수님의 가르침에 따라 그들과 무엇이라도 나누며 봉사하는 기쁨으로 모든 것을 이겨낼 수 있었다.

　마리아 수녀의 머리카락엔 희끗희끗한 재가 사뿐히 내려앉아 있다. 생긴 그대로의 민머리다. 화장하지 않은 얼굴과 목에 걸린 십자가가 무지개처럼 빛이 난다. 오랜만에 먹어보는 김치가 제맛이 난다고 좋아하는 모습이 어린 소녀 같았다.

　숙이는 함께 청년회 활동을 하던 가난한 청년과 결혼했다. 시부모님과 함께 살면서 단칸 셋방에서 신혼의 단꿈을 펼쳤다. 결혼한 지 석 달 만에 낯선 손님이 다녀갔다. 먼저 퇴근한 그녀가 방문을 열고는 자지러졌다. 옷장에 담긴 물건들이 좁은 방 안에서 서로 뒤엉켜 있었다. 몇 되지 않은 패물이 온데간데없이 사라졌다. 뒤늦게 직장에서 돌아온 신랑은 그녀에게 "적게 장만하여 다행이

다. 그지." 하고 달래었다. 그의 말에 그녀는 많고 적은 게 문제가
아니라 신혼 방을 습격당한 것이 슬프다며 울음을 삼켰다.

　숙이도 하느님과 함께 살아가는 여인이었다. 한 번도 미사를
거르지 않고, 여러 단체에서 적극적이고 모범적인 단원이자 회원
이었다. 때로 남편과 아이들과의 갈등이 생겨도 신앙의 힘으로
이겨 나갔다.

　점심을 마친 마리아 수녀와 데레사 숙이는 활짝 웃었다. 오십
여 년이 지나도록 다른 삶을 살아온 듯한 두 여인은 하느님의 품
안에서 함께 걸어왔었다. 손잡고 걸어야만 동행이 아니다. 멀리
떨어져 있어도 생각이 같고 목적지가 같다면 같은 길을 가는 것
이 아닐까.

　나도 그들과 함께 걸어간다. 숙이는 나와 한 지붕 아래에서 살
고 있다.

시들지 않는 꽃

그녀는 주황색 장미꽃이었다. 아직 활짝 피지 않은 큼지막한 꽃송이였다. '로사'는 나를 가톨릭으로 이끌어 준 소녀였다.

장돌뱅이 허 생원은 단 하룻밤 맺은 성 서방네 처자를 잊지 못한다. 그는 조 선달과 동이와 함께 대화 장터까지 밤길을 터벅터벅 걸어간다. 보름달이 메밀밭에 소금을 뿌린 듯 하얗게 빛나고 나귀의 방울 소리는 그녀와 사랑을 나눴던 물레방아 소리처럼 배경음악이 된다. 그가 들려주는 옛이야기는 메밀꽃으로 하얗게 피어난다.

이십여 년이 지나도록 허 생원은 봉평장을 쉼 없이 드나든다.

물레방앗간에서 그녀가 기다리고 있으리라는 막연한 희망을 품고 있는 것인가. 그의 가슴에 새겨진 그녀의 마음과 모습을 지울 수가 없다. 그의 귓가에 물레방아 소리와 그녀의 숨소리가 떠나지 않고, 그의 눈동자에 하얀 메밀꽃이 새겨진다. 보름달이 메밀꽃 향기에 취하여 밤새도록 환하다. 언젠가 만나리라는 희망을 준 것일까.

로사는 내게 가톨릭을 알게 해 주곤 서울행 고속버스에 몸을 실었다. 그녀는 떠나면서 장미꽃을 내 가슴속에 심었다. 해마다 한 송이만 피었다. 안개에 가려진 것처럼 흐릿하게 보이다가도 달빛이 환한 밤엔 가로등이 되어 밤을 하얗게 지새운다.

보고 싶다, 만나보고 싶다는 생각이 잘못된 것일까. 지금은 어디에서 꽃을 키우고 있을까. 어떤 색깔의 장미꽃을 가꾸고 있을까. 빨간 장미일까, 분홍색 장미일까, 하얀 장미일까, 보라색 장미일까, 검정 장미일까?

어느 때부터인가. 주황색 장미꽃이 작아지기 시작했다. 구석진 곳에 숨어 보이지 않을 때도 있었다. 달빛이 환한 밤이면 은근히 모습을 드러내어 향기를 뿜어낸다. 별들이 속삭이면 긴 꼬리를 끌며 내게로 날아온다. 가로등에 걸린 별 하나가 밤새 반짝이던 아름다운 밤이었다.

 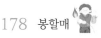

사람은 한번 맺어진 인연을 쉽게 버릴 수 없나 보다. 우리는 살아가면서 많은 사람을 만난다. 그 만남들 중에서 '처음'을 오래도록 기억한다. 오랜 떠돌이의 삶을 살아온 허 생원으로선 세월이 흐르고 흘러도 지울 수가 없다.

메밀꽃 필 무렵에서 허 생원은 대화장으로 가려다 제천으로 향한다. 되돌아갈 수도 없고 방향을 바꿀 수조차 없는 발걸음을 내딛는다. 흐르는 세월을 어이 되돌릴 수 있는가.

오십여 년 세월이 흐르면서 그녀는 내 가슴에서 빠져나와 머리에 둥지를 틀었다. 그녀가 심어준 장미꽃은 퇴색되어 하얀 꽃으로 변했다. 이제 내 머리는 시들지 않는 메밀꽃밭으로 바뀌었나 보다.

자비를 베푸소서

술을 엄청 마시고 귀가한 날 밤이었다. 취하여 집에 온 나를 보고 아내는 걱정이 태산이다. 대개 그런 날은 둘 다 잠자리가 편치 못하다. 수면무호흡증에 부정맥까지 가지고 있는 나 때문에 아내는 잠을 설치기 십상이다. 숨소리가 들리지 않으면 아내는 내 얼굴을 이리저리 옆으로 돌려놓는다. 그러면 나는 멈추었던 날 숨을 '푸-' 하고 쏟아낸다.

로또에 1등으로 당첨되어 몇 가지 그림을 신나게 그렸다.

제일 먼저, 내가 다니는 성당 교육관 건립기금으로 2억 원을 내야겠다. 건축비가 20억 원 정도 예상되는데 모인 돈은 아직 3억

원이 채 되지 않는다. 시작하지 못한 공사에 활기찬 바람을 불러 일으키고 싶다. 성경에 '오른손이 하는 것을 왼손이 모르도록 하라.'는 말씀이 있다. 교우들이 자발적으로 참여하는 계기가 되기를 바라는 마음에서 익명으로 내는 게 좋을 것 같다.

어렵게 살아가는 형제를 도와야겠다. 사는 형편에 따라서 나누어 주어야지. 8남매이니 차이가 있다 하더라도 5억은 들어갈 것이다. 세 동생은 1억 원씩이고 다른 네 명은 5천만 원씩은 주어야 하지 않을까. 이 정도로 만족할는지 모른다. 똑같이 나누어 준다는 것은 글쎄? 사촌이 논을 사면 배가 아프다는데, 그런 일이 일어나지 말아야 할 텐데.

두 아들은 어떡하지? 집을 마련하는 데 보태라고 1억 원 정도는 주어야 하지 않을까. 그 돈 가지고 서울에서 어디 부칠까. 한 1억 원 정도씩은 더 주어도 괜찮겠지. 참, 손자들은? ……. 두 손자에겐 종신보험을 들어주는 게 좋겠다. 일시금으로 지불하면 얼마나 하는지 모르겠다. 한번 알아봐야겠다. 그러면 이 할아버지가 세상을 떠나도 나를 잊지 않을 거야.

그다음 무엇을 할까? 내가 졸업한 고등학교에 장학금을 준다. 그것 괜찮겠다. 어느 정도로 주어야 할까. 몇천만 원? 그것은 단기성에 그치고 말겠지. 그렇다면 적어도 1억 원은 필요하겠군. 그래야 내가 이 세상에 살아 있는 동안 적어도 십여 년 이상 혜택을 줄 수 있을 거 아닌가. 가난해서 학업을 이어가기 어려운 후배의 확 펴진 얼굴을 상상만 해도 흐뭇하다.

또 무엇을 하지? 그래, 그래 내가 마지막 교편을 잡았던 S 여고. 현관 옆에 서 있던 꽃사과는 올봄에도 꽃을 피웠다가 가을에 빨간 열매를 맺어 굶주린 새들에게 나눠주었겠지. 학업 성적보다 생활에 어려움이 큰 가정을 찾아 도와주는 것이 좋겠다. 경제적으로 안정되어야 학업에도 열중할 수 있지 않겠나. 이건 지금 뭐라고 결정하기가 어렵구나. 그렇다면 학교 관계자를 만나 의논해야겠지.

그러고 보니, 내가 사는 이웃에 어렵게 사는 세대가 많던데 이분들은 어떡하지? 영구 임대 아파트에 사는 독거노인이 눈에 밟힌다. 오랜 병석에 누워서 천장만 바라보는 사람의 눈동자가 내 가슴에 와서 박히는 걸 어떻게 해? 일일이 어쩔 도리가 없구나. 그렇다면 그 동네 복지회관에 어느 만큼의 돈을 맡기면 될까. 아무리 적더라도 1억 원은. 이것 역시 익명으로 해야겠다.

이렇게 나누고 나면 아내가 뭐라고 말할까? 세금을 제하고 나면 내 손에 떨어지는 것은 얼마인지 계산도 하지 않았다. 대충 하더라도 남는 것이 없겠구나. 어차피 그 돈은 내가 힘들여 번 것이 아니니까. 조금이라도 여유가 있다면, 아내는 십육 년 된 승용차를 바꾸라고 말할 테지. 조금 더 나머지가 있다면 살아온 지 삼십 년이 다 된 아파트 내부를 수리하자고 하겠지. 하기야 그것도 괜찮은 생각이다. 창문 틈으로 새어 들어오는 찬바람이 코끝을 시리게 만드는 겨울이 발밑에 다가와 있으니 말이다.

갑자기 많은 돈이 생기니 정신을 못 차리겠다. 평소에는 생각하지도 않은 일이 여기저기서 마구 쏟아진다. 통장에 쌓일 여가도 없이 보름 정도 지나고 나면 거의 바닥이 보였다. 그래도 아내는 불평하지도 않는다. 그 점은 나 역시 마찬가지다. 서로가 분수를 알고 넘치는 욕심을 부리지 않아서 부자처럼 살아왔다. 대개 사람들은 가지면 가질수록 더 가지고 싶어 안달이다. 가난뱅이라고 생각하면 불만이 쌓이고 허욕이 일어나는 게 당연하다.

어느 정도 가져야 부자 소리를 들을까. 강남에 20억 전후의 아파트에 살면서도 부자라고 생각하지 않는 사람이 가난한가, 시골에 2억이 될까 말까 하는 주택에서 마음 편히 사는 사람이 가난한 사람인가. 알다가도 모르겠다.

아 참! 정치에 뜻을 둔 후배의 부탁을 어떻게 하지. 한 번도 낸 적이 없는 후원금을 주어야 하나 말아야 하나. 이참에 조금 쾌척할까. 그래도 그렇지. 지금껏 모른 척하고 살아왔는데 무슨 생색을 내겠다고, 이건 아니다. 제대로 뭘 하는 게 있어야지. 욕을 한 바가지 먹더라도 어쩔 수 없잖아. 뒷머리가 당기고 왜 이리 아파.

아침 늦게 잠에서 깨어났다. 주방으로 가서 물 한 컵을 벌컥벌컥 들이켜는 나를 보고 아내가 잔소리 같은 이야기를 해 주었다. 자다가 숨을 쉬지 않아 고개를 다른 쪽으로 돌렸더니, 푸- 하고 날숨을 내뱉으며 "자비를 베푸소서!"라고 말하여 흠칫 놀랐다는 것이다. 무슨 말을 했는지 기억이 없다. 다만, 그 좋았던 여러 가지 꿈같은 일들이 한낱 꿈으로 끝났다는 것이 너무 아쉽다.

착각

"우리 인생에는 세 명의 천사가 내려온다. 첫 번째는 늙음, 두 번째는 병듦, 세 번째는 죽음이다." 미국의 저명한 불교학자 루이스 랭커스터 UC버클리대 명예교수는 이렇게 말했다. 이 셋을 만나지 않고는 인생의 본질을 알 수 없다.

지금 첫 번째 천사를 만나고 있다. 그러면서도 아직 늙었다고 생각하지 않으며 어린아이처럼 살아간다. 머잖아 두 번째 천사를 만날 것이다. 아니 벌써 나를 찾아왔을지 모른다. CT나 MRI를 찍은 적이 없다. 정기적으로 하는 건강 검진에서 콜레스테롤이 조금 높으니 조심하라는 말을 대수롭잖게 여긴다. 고혈압 약을 먹고 있으나 혈당 수치는 걱정할 정도가 아니다. 암 검사는 제대로 하지 않아 어느 곳에 무엇이 숨어 지내는지 알 수 없다.

다람쥐

다람쥐가 봄을 따라왔다. 극락전이 있는 개울 건너 바위 위에서 그놈은 봄을 즐기고 있었다. 녀석은 오십여 년 전 재수再修한답시고 사람이 그리운 외딴 암자에서 생활하는 나의 시선을 오래도록 붙들었다. 호기심으로 그의 모습을 계속 따라다녔다. 어떻게 하면 저 녀석을 붙잡아 내 곁에 두고 볼 수 있을까.

죽장 장날이었다. 십 리도 넘는 길을 걸어가 장터에서 쥐틀을 하나 샀다. 어렵사리 한 줌의 밤을 구하여 틀 안에 넣고 건너편 바위 위에 놓았다. 요사채 마루에 누워 지켜봤다. 며칠 전에 다녀간 다람쥐가 깡충거리며 다가오더니 기웃거린다. 도저히 참을 수 없었는지 기어들어 간다.

사육에 대한 지식이 전혀 없었다. 다람쥐는 쥐틀에서 나와 함께 방 안에서 살았다. 좁은 공간에서 다람쥐는 이리 뛰고 저리 뛰어봐야 거의 제자리에 멈추어 있는 셈이었다. 고시원 쪽방에서 겨우 숨만 쉬고 살아가는 사람 같았다. 그렇게 다람쥐는 지은 죄도 없이 독방에 갇혀 살았다. 열흘도 지나지 않은 어느 날 아침 녀석은 먼 나라로 떠나갔다. 모든 동물이 물을 먹어야 하며, 다람쥐는 쳇

바퀴를 돌리더라도 끊임없이 운동을 해야 하는데 그걸 몰라서 한 생명을 죽게 만들었다. 암자로 들어오는 길목 양지바른 곳에 묻었다. '미안하다. 부디 극락왕생하여라.' 합장하며 빌었다.

부엉이

나무를 한 짐 하여 지게에 얹어 내려오는 길이었다. 능선 자락 바위 옆에 엄청나게 큰 새 한 마리를 보았다. 흔히 보는 수탉보다 더 컸다. 눈에서 불꽃이 이글거렸다. 누구의 눈이라고 할 것도 없었다. 발걸음이 저절로 멈춰 버렸다. 찬찬히 살펴보니 부엉이였다. 걸음을 옆으로 살살 움직여서 햇빛이 그 녀석에게 비추도록 옮겼다. 주먹만 한 돌 하나를 집어 들었다. 그저 얼떨결에 던졌다. 설마 그것이 명중하리라곤 생각하지도 않았다.

왼쪽 날개가 부러진 부엉이를 가슴에 안고 사찰로 돌아왔다. 철사줄로 한쪽 다리를 묶어 요사채 뒤안길에 두었다. 그것이 천연기념물인 줄 미처 알지 못했다. 그로부터 나는 부러진 날개에 대나무 조각을 대어 깁스를 하고 매일 몇 차례 소독을 해야 하는 그의 간병인이 되었다.

매일같이 계곡에 내려가 낚시로 버들치 서른 마리 정도를 낚아 알뜰살뜰 먹였다. 처음엔 거부하더니만 사나흘 지나자 배가 고픈지 주는 대로 넙죽넙죽 받아먹었다. 닷새가 지난 어느 날 한밤 중이었다. 방 뒤에서 이상한 짐승 소리가 밤새도록 뽀시락거렸다. 궁금했지만 부엉이는 야행성이라 두려워 가까이 갈 수가 없었다. 희뿌연하게 날이 밝자마자 그에게 갔더니 산토끼 하반신이 그의 앞에 놓여 있었다. 그로부터 일주일마다 한 번씩 산토끼를 가져다 놓았다. 간밤에 짝지가 찾아와 먹이를 두고 가면서 안타까움을 달래느라 밤새 그렇게도 시끄러웠나 보다. 그들에게 미안한 마음이 가득하지만 이제 와서 어떻게 풀어 줄 수도 없었다. 깊은 산중인 데다 의료에 대한 별다른 지식도 없이 그저 간단하게 소독만으로 내 할 일 다했다는 식으로 두 달이 넘어도 치료가 되지 않았다. 나는 왜 이리 괜한 일을 저질러 나는 나대로, 그들은 그들대로 힘들게 살아가는지 후회해도 이미 때가 늦어 버렸다.

석 달이 다 되어 갈 무렵 부엉이는 유명을 달리했다.

이구아나

십여 년 전 청계천 6가에서 이구아나를 만났다. 초록빛을 띤 녀석은 파충류란 느낌이 들지 않았다. 한 뼘이 조금 넘은, 태어난 지 석 달도 채 되지 않았다. '저것 한번 길러보자.' 호기심이 발동

하여 집으로 데려왔다.

　아직 새끼라서 사육장은 그리 크지 않았다. 아내의 눈꼬리가 이리저리 돌다가 멈췄다. "이거 그린 이구아나인데 굉장히 순하다."라며 이구아나를 내 손바닥에 얹어놓았다. 녀석은 고개를 들고 주위를 둘러보았다. 인터넷을 뒤졌다. 주간에는 사육장 온도를 영상 30℃ 전후로 맞춰야 하고, 햇볕을 매일 쬐어 주어야 하며 습도를 높여주기 위해 수시로 그의 몸에 분무해주어야 한다. 먹이는 먹기 좋도록 잘게 썬 애호박과 채소 종류였다.

　어느 날 아내는 이구아나와 씨름을 하고 있었다. 사육장에서 탈출한 녀석을 잡느라고 거실에서 안방으로, 안방에서 작은방으로, 다시 거실로 돌아다니며 땀을 뻘뻘 흘렸다.그 녀석은 잡힐 듯하다가 꼬리를 버리고 도망 다녔다. 잘린 꼬리가 꼼지락거리며 방바닥에 한참이나 피 칠을 해 두었다.

　꼬리는 재생이 되었으나 원래의 것보다 짧았다. 그럭저럭 오년이 지나 이구아나는 성체가 되어 자그마치 1m가 넘었다. 작은 사육장에서 키울 수가 없어 소파 위에 놓고 길렀다. 거실 바닥이 그의 식탁이었고 베란다가 일광욕 장소였다. 저녁엔 석 자짜리 수족관 위에 얹어 놓았다. 몸 색깔도 초록빛은 거의 사라지고 갈색으로 변하였다. 거실 바닥에 내려놓으면 작은 공룡이 걸어가듯 뒤뚱거리고 여기저기 살피며 돌아다녔다.

부활 대축일을 삼 일 앞둔 성 목요일 밤이었다. 미사를 마치고 돌아오니 이구아나가 수족관 아래에서 죽어 있었다. 부활하기 위해 먼 길 떠났을까. 궁도장 벽오동 나무 아래 정성껏 묻었다. "성부와 성자와 성령의 이름으로 아멘." 성호경을 그으면서 '그동안 고마웠다. 부디 천국으로 가거라.'라며 빌어 주었다.

프랑스 작가 앙드레 지드의 "삶에서 하고자 하는 바를 다 하고 세상을 떠나는 사람은 지극히 드물다."라고 한 말이 떠오른다. 지금껏 '살아오면서 무엇을 다 했는가?' 돌아보면 한 것도 없고, 안 한 것도 없으니 무엇을 다 했다고 말할 처지가 아니다. 언젠가 죽어 극락왕생하거나 천국에 들어가리라는 마음으로 아직 살아 있는 한 죽지 않으리라는 착각 속에 살아가는지 모르겠다.

그냥 가면 어떡해

　그는 날개가 찢어진 호랑나비가 되어 태평양을 날아왔다.

　지난 목요일 국립 임실호국원에 다녀왔다. 대구에서 왕복 사백 킬로미터가 조금 넘는 거리였다. 미국에 이민 갔던, 나와 동갑내기 사촌의 유해가 호국원에 안장되는 날이었다. 중부仲父의 막내인 그는 칠십년대 초, 그 치열했던 월남 전쟁터에서도 살아왔었다. 그런데 이제 암에 항복하고 항아리에 담겨 먼 하늘길을 돌고 돌아 엄숙하고 경건한 봉안의식을 거쳐 '충령단'이라는 곳에 안장되었다.

　그는 대학을 졸업하고 육군에 입대한 직후 월남에 파병되었다. 개인적으로 아무런 상관도 없는 사람들과 목숨을 담보로 싸운다는 것은 쉽지 않다. 사람이 사람을 죽여야 한다는 것이 견디기 어려웠으리라. 첫 전투에서는 총알이 이리저리 하늘을 날아다녔다. 어느 때부턴가 곁의 전우가 쓰러지면서 내뱉는 비명이 전운처럼 피어올랐다. 누구를 어느 정도 맞추었는지는 자세히 알 수 없다. 다만 내가 살기 위해선 상대방을 죽여야 하는 전쟁터에서 그는 죽지 않고 살아 돌아온 것이다.

제대 후 그는 고향인 광주 ㅈ 고교에서 교편을 잡았다. 베트남에서의 전쟁은 서서히 잊혀갔다. 그는 학생들에게 자유와 정의, 민주주의에 대해서 자주 이야기를 나누었다. 유신정권이 무너지고 새로운 세상이 열린다고 좋아했다. 그러나 1980년 5월 광주민주화운동 물결에 휩쓸렸다. 월남전에서 무수히 듣던 총소리를 고향 땅에서 다시 듣는다는 것은 결코 유쾌한 일이 아니었으리라. 대한민국 공수부대의 총부리를 피해서 골목을 내달렸다. 벗겨진 한쪽 신발을 내팽개쳐 둔 채 학생들과 함께 총알을 피해 다녔다. 얼마나 많은 사람이 피 흘리고 죽어 나갔는지 모른다.

1988년 서울 올림픽이 열렸다, 그는 미국에 이민移民하기로 했다. 한국을 떠나기 전, 나는 그의 말을 끝까지 다 들을 수 없었다. 그는 전남도청과 광주적십자병원의 사상자 이야기를 하다가 입을 다물었다. 도대체 무슨 일이 있었기에 그가 더 말을 하지 않았을까? 더구나 80년 5월 광주에서 있었던 일에 관해서 더 물어본다는 것이 두려워 아무 말도 하지 못했다. 상당한 시일이 지나서야 바람결에 흘러 들어오는 소식을 믿어야 할지 말아야 할지 분간조차 할 수 없었다. 그 현장에 동갑내기 사촌이 있었다는 것도 몰랐다. 그날의 참상을 떠올리기조차 싫어하는 그에게 무엇을 물어보겠는가. 보고도 못 본 척, 듣고도 못 들은 척, 입이 있어도 말 못 하며, 모든 것을 잊고자 이 땅을 떠나는지도 모르는 그에게 무슨 말을 하겠는가. 그저 가슴에만 안고 먼 이국으로 가져가는 그를 멀거니 바라볼 수밖에 없는 이방인이 되었다.

그가 베트남에서 치열한 삶과 죽음의 경계선을 오갈 때, 나는 무엇을 했는가? 해군 LSM 612함에서 우리의 바다를 지키다 파월 한 달 전 나는 배에서 쫓겨났다. 마지막 휴가를 갔다가 함정으로 돌아오지 않는 나를, 함장이 먼 이국 땅 전쟁터에 데려갈 이유가 없었다. 다시 전출한 함정 역시 6개월 뒤 파월될 더 큰 LST 810함이었다. 당시 육군이나 해병대는 병사들이 전쟁터로 가지 않으려고 힘을 썼으나 해군은 서로 가려고 애쓰던 시절이었다. 파월 전 휴가를 가면서 함대 인사과를 찾아가 스스로 전출을 희망했다. 전쟁이 무서워서가 아니라 사귀던 여성을 두고 갈 수가 없었기 때문이다.

사촌이 광주 거리에서 민주주의를 외치며 뛰어다닐 때, 나는 어떻게 했는가? 눈이 멀었고, 귀가 열리지 않아 아무것도 알지 못했다. 설령 알았다고 한들 내가 할 수 있는 일이 무엇이었을까? 그에게 무엇을 물어볼 자격조차 없었다.

그는 신장身長이 나보다 조금 작았다. 하지만, 여러 운동으로 다져져 어깨가 떡 벌어진 강건한 체격이었다. 그에게는 자식이 없었다. 고엽제로 인한 후유증으로 그랬을까. 확인하지 못했다. 더구나 말기 암이라는 선고를 받았을 때도 마찬가지였다. 그는 미국으로 떠날 때처럼 다시 모든 것을 항아리에 쓸어 담아 멀고 먼 바다 위를 날아와 한 뼘 정도밖에 되지 않는 호국원 봉안당 한쪽에 날개를 접고 잠들었다.

사촌이라지만 대구와 광주의 거리는 너무 멀었다. 힘들게 살다 보니 잦은 왕래도 없어서 그 거리는 실제보다 더 멀어 보였다. 서울의 같은 대학에서 공부하며 우린 뜻이 잘 맞았다. 그는 막내이고, 나는 차남이어서 성장 과정과 생각의 차이가 나더라도 다투는 일은 없었다. 지금이야 지역적인 갈등과 감정이 쉬 풀어지지 않지만, 그 당시로선 그런 것은 거의 생각조차 하지 않았다. 그의 친구가 내 친구가 되었고, 내 친구가 그의 친구가 되었다. 먼 길 보내던 그날도 광주에 거주하는 그의 친구 몇 명을 만나 예전의 이야기에 젖을 수 있었다. 그 어떤 선입견도 편견도 없이, 우리 곁을 떠나간 그를 함께 추모했다.

호국원 뒤편 산 그림자가 내려오고 있었다. 그림자 아래에 그가 찢어진 날개를 퍼덕이면서 쓴웃음을 짓고 있었다. 누가 그의 영혼과 아픔을 달래줄 수 있을까. 그를, 그곳에 홀로 두고 고속도로에 몸을 얹었다. 얼마쯤 달려갔을까. 그가 승용차 뒤 유리창에 달라붙었다. 양 날개가 다 너덜거리는 모습이었다. 가로수가 뭔가를 외치며 뒷걸음질치고 있었다. 그냥 가면 어떡해. 막걸리라도 한잔하고 가라며 따라오는 것일까.

밤이슬이 촉촉이 대지를 적셨다.

봉할매

어디서 불길이 치솟는가. 온 나라가 폭염으로 용광로인 양 달아오른다. 한여름 땡볕을 이고 군위 승목산 봉수대 입구에 다다랐다.

직경 한 팔 정도는 됨 직한 구덩이가 먼저 눈인사를 한다. 농구공만 한 크기의 네모 난 돌들이 손을 맞잡고 둥그렇게 앉아 있다. 석축 위로 올라섰다. 가운데가 움푹 파인 것이 우물이나 뒷간처럼 보인다. 몇 가지 확인하고자 '불길 순례'의 저자 운봉 선생에게 신호를 보냈다. 우물 같은 걸 찾았다고 하니 그게 아닌데. 그럼 화장실? 그것도 아니고. 불을 피우던 '연조'라는 대답이 돌아왔다.

기와 파편과 무너진 돌들이 여기저기서 나뒹굴었다. 봉수군이 살던 집터였음을 짐작할 수 있다. 봉수대는 그 본래의 모습을 찾기가 쉽지 않다. 팔백여 년간 유지해오던 제도가 폐지된 지 불과 백 년 남짓 지났는데도 대부분 훼손되어 그 흔적만 겨우 알아볼 수 있을 정도다. 비교적 그 원형이 잘 보존된 곳 중의 하나가 군위 승목산 봉수대다.

1895년 을미개혁으로 봉수 제도가 폐지되었다. 평생을 봉수군으로 살아온 일부는 봉군 숙소로 사용하던 '봉우사'에 계속 머물렀다. 그곳에서 살아가던 부부 중에는 남편이 죽은 뒤에도 아내가 거주하는 경우가 있었다.

평생을 봉수군 아내로 살았고, 때로는 남편을 대신하여 봉수군의 역할도 마다하지 않았을 여인들. 제도가 사라지고 나라가 망한 뒤에도 봉수대를 지켰고 죽어서도 봉수대 안, 여생을 다했던 집터에 영원히 잠든 할머니. 산 아래 마을 사람들은 '봉할매'라고 부르며 잘 모셨으며 지금까지도 그 애틋한 묘소를 관리하고 있다.

봉수군이 살던 집터 가운데에 봉분 하나가 안주인처럼 앉았다. 분묘 가운데에 장딴지보다 조금 굵은 나무 두 그루가 서 있다. 소나무도 참나무도 아닌 나무들을 왜 베지 않고 두었을까. 사시사철 장승처럼 저렇게 서서 후손이 없는 할머니를 지키고 봉양하는지도 모른다.

봉수烽燧는 의사소통의 한 수단이었다. 봉수대에는 봉수군이 상주하면서 인접 봉수와 신호를 주고받았다. 불을 피우는 연조는 다섯 개가 기본으로 하나의 횃불을 올리면 평안화平安火라 하여 나라 안팎이 태평하다는 의미였다. 두 개를 피우게 되면 변고가 생겼다는 소식이다.

우리 집에 횃불 두 개가 타오른 적이 있다. 중·고등학교에 다니던 두 아들이 컴퓨터 게임 문제로 다투어 하루도 평안할 날이 없었다. 보다보다 참지 못하고 아이들에게 손찌검을 하여 다툼은 끝난 듯했으나 종전이 아닌 휴전이었다. 그 후유증으로 온 집안은 무겁고도 깊은 침묵의 늪에 빠졌다.

큰애는 말문을 닫아버렸다. 동생에게는 물론이고 우리 부부에게도 일체의 말을 하지 않았다. '책값 0000원', '교통비 000원' 이런 식으로 적힌 쪽지가 식탁 위를 돌아다녔다. 아내는, 큰아이가 말문을 열 때까지 묵묵히 기다림의 시간 속에서 속으로만 아파했다. 그러한 세월이 그 아이가 대학에 입학한 후까지 3년이나 계속되었다. 아내는 가정의 평화를 지켜내고자 아이들을 위한 기도로 하루를 시작하고 마감하였다. 그런 아내를 보면서 나는 마치 이방인처럼 입을 다물고 죽은 듯 지냈다.

작은아들이 고등학교를 졸업할 무렵이 되자 평안화의 횃불 하나가 다시 집 안에 떠올랐다. 내가 해내지 못한 몫을 아내 홀로 묵묵히 일구어 낸 평화平和의 불꽃이었으리라. 우리 집의 봉수대를 맡아 불을 피워 올린 아내는 '봉할매'였나 보다.

비가 내리거나 눈이 쏟아지면 횃불을 올릴 수 없다. 인접한 대응 봉수대에 연락하기 위해 삼십여 리 힘든 길을 뛰어갔을 봉수군을 생각하며 승용차를 세워 둔 방향으로 발길을 잡았다. 제멋대로 자란 찔레꽃 가지에 양 팔이 긁혀 피가 배어 나온다. 지름길이라고 생각했는데 온통 가시밭길이었다. 되돌아가기엔 너무 멀리 와 버렸다. 산등성이를 오르고 나면 또 다른 산봉우리가 앞을 가로막는다. 얼마나 더 가야 할지 모른다. 절반도 남지 않은 물로 목만 축이며 앞으로 나아간다. 길 아닌 길을 두어 시간이나 헤맸다.

모바일 앱 '산길 샘'을 검색하여 내 위치를 확인할 수 있었다. 삼국유사 테마공원이 우측에 나타났다. 좌측으로만 방향을 잡아 가면 목표지점에 도달할 수 있으리라는 기대감으로 후들거리던 다리에 힘이 솟았다. 이동통신이 봉수대의 자리를 대신해 주었다. 팔백여 년 지속되어 오던 봉수대 신호체계의 위력을 실감하는 순간이다.

두 아들은 어느덧 사십대 중반의 가장이 되었다. 그들은 서울의 제 둥지에서 평안을 기원하는 하나의 불꽃을 매일 피운다. 아들들이 피워 올린 횃불을 볼 때마다 아내와 나는 멀리서나마 자식의 안녕을 빌며 흐뭇한 마음을 주고받는다.

봉수는 나라의 평안을 기원하는 제도였다. 낡았다고 하여 어찌 함부로 버리겠는가. 오늘날 봉수대는 허물어지고 파묻혀 그 원형이 많이 훼손되었다. 요즈음 봉수대를 복원하는 지방 자치 단체가 하나둘 늘어나고 있다. 비록 원형 그대로는 아니지만, 그 흔적이나마 찾아볼 수 있어 위안이 된다.

'봉할매'는 승목산 봉수대에만 있는 게 아니다. 청도 송읍리 봉수, 영해 광산 봉수 등에서도 확인된다. 안동 봉지산 봉수대엔 '봉할매'의 며느리까지 죽어서도 봉수대를 지키려는 듯 그곳에 자리를 잡았다. 이름은 고사하고 성도 채 알 수 없는 그들의 유전자가 백두대간의 맥을 타고 이 땅에 끊임없이 흘러가리라.

오늘도 아내의 얼굴에 웃음꽃이 피었다. 손자와 영상 통화를 하며 "할매, 잘 있다."라고 횃불 하나를 올린다.

네가 하고 싶은 것을 하라

연락이 왔다. H 군의 어머니가 돌아가셨다고. 올해 아흔둘이었다. 영남대병원 영안실에 빈소가 마련되었다. 점심때쯤 서울에서 내려온 친구 A 군과 함께 문상을 갔다.

오늘 오전 10시에 장례미사가 있었다. 망자는 여성으로서 구십삼 세였다. 며칠 전에도 아흔이 넘은 한 할아버지의 장례미사가 거행되었다. 대개 이럴 경우 '적어도 앞으로 십오 년 이상은 살 수 있겠구나.' 하는 감사의 마음으로 마음이 편안해진다.

사고나 불치의 병으로 젊은 사람이 입관되어 성전 안으로 들어오는 경우가 있다. 예순 살 전후의 망자를 대하면 마음이 착잡하다. 죽음에 대한 사연도 가지가지다. 어느 날 건강검진에서 폐암

말기라서 손 한 번 제대로 써보지 못했다고 안타까워하는 유족도 있다. 월요일 새벽, 수도권으로 출근하다가 중부내륙고속도로에서 6중 자동차 추돌사고로 유명을 달리한 50대의 남성…….

장례미사 때마다 관을 덮은 천에 새겨진 글귀 'Hodie mihi, cras tibi' 처음엔 무슨 의미인지 전혀 몰랐다. 아예 관심마저 없었다. 얼마 지나지 않아 그 의미를 알고부터 삶의 자세가 달라졌다고 할까. '오늘은 나, 내일은 너'. 살아있다고 하여 살아있는 것이 아니고, 죽었다고 해서 죽은 것이 아니다. 태어나는 것은 죽음의 시작이고, 죽음은 부활의 약속을 밟아가는 것이 아닐까.

영남대병원 영안실을 나서기 전이었다. 빈소 쪽에서 낭랑한 염불 소리가 귓속으로 파고들었다. 웬 스님이 오셨나 하며 들여다보니 친구 K 군이었다. A 군과 나는 걸음을 멈추었다. 둘 다 천주교 신자라서 망자가 천국에 가길 빌어주는 연도는 알지만, 영가를 위한 불경은 잘 몰랐다. 그저 극락왕생을 비는 염불 정도로 알았다. K 군은 법사法師로서 불교에 대하여 해박한 지식과 봉사와 불심이 대단한 친구였다. A 군과 나는 "저 친구 머리 깎고 가사 장삼 걸쳤다면 큰스님이 되었겠지." 하며 그곳을 떠났다. 그 친구가 두드리는 목탁 소리가 장례식장 바깥에까지 따라 나왔다.

인생아,

살아오면서 웬 그런 걱정이 많았는지. 오늘 일도 다 하지 못하면서 내일 일을 걱정하고 살아온 지난날이 부끄럽구나. 여행을 앞두고, 그날 날씨가 좋아야 하는데. 버스를 타고 가면서 이 버스가 교통사고를 일으키지 말아야 할 터인데……. 이런저런 걱정으로 마음을 얼마나 태웠는지 몰라. 문득 예수님의 말씀이 생각나는구나. "내일을 걱정하지 마라. 내일 걱정은 내일이 할 것이다. 그날 고생은 그날로 충분하다." (마태오 복음 6.34)

인생아,

예전과 비교하면 너나 나나 오래 살았다, 그지. 어떤 사람들은 나이 70이 넘어도 인생의 전성기라고 말들 하더군. 하지만 기력이 하루하루가 다르다는 걸 느끼지 않나. 얼마 전, 포항 신항만으로 선상 낚시를 갔었어. '대 방어'나 '대 삼치'를 노렸지. 80cm 정도 되는 큰 삼치를 한 마리 걸었어. 힘이 부쳐 제대로 릴을 감을 수가 없더군. 젊은 선장에게 낚싯대를 넘겨주었지.

인생아,

이제 나이가 드니 체력이 말이 아니야. 누군가 나이가 들면 양기가 입으로 모인다는 말, 빈말이 아닌 것 같아. 걸핏하면 젊은 이에게 이래라저래라 말만 해대고. 이러니 꼰대란 말 듣는 것 아닌가.

인생아,

친구 K군이 오늘 보내준 카톡 내용 중 마음을 끄는 것이 있더구나. 어느 수도자가 쓴 글이라며 퍼 왔다고 하는데 읽을수록 맛이 나는 좋은 글귀였어.

이 세상에서 가장 슬픈 것은 너무 일찍 죽음을 생각하게 되는 것이고, 가장 불행한 것은 너무 늦게 사랑을 깨우치는 것이다.

인생아!

그래, 아직 할 일이 많다. 그 무엇보다 꼭 해야 할 것, 사랑이라고 말해도 되겠지. 사랑을 아는 데 너무 오랜 세월이 흐른 것 같다.

아우구스티누스가 이렇게 말했지.

"사랑하라. 그리고 네가 하고 싶은 것을 하라."라고.

가자미가 된 남자

지난날을 되돌아봐야 하는 나!
고등어가 아니었다.
이제 가자미처럼 살아가는 삶에
길들여져야겠다.

말이 많으면 쓸 말이 적다

아내는 백화점보다는 재래시장에서 장보기를 더 좋아한다. 백화점이나 대형 마트는 정찰제인 관계로 가격 흥정의 재미가 없다. 전통시장은 상품 값을 깎지 않아도 알아서 에누리해 준다. 거기다 말만 잘하면 덤을 얹어주기도 한다. 아내는 꼬부랑 할머니들이 힘들게 손질한 쪽파나 고구마 줄기, 시금치 따위를 살 때 부르는 대로 건넨다.

"천 원이라도 좀 깎지 그러냐?"

시장에 몇 차례 따라나선 나는 본전도 못 찾는다.

"편히 쉬어야 할 나이에 힘들게 장사하는데, 당신은 인정머리 없이 그게 무슨 소리예요."

아내의 마음 씀씀이를 알게 된 나는 그런 때에 입을 꾹 다물고 나서지 않는다. 자기들 물건 사라면서 끌어당기거나 밑지고 판다느니 하면서 말이 많은 장사꾼들의 물건을 보면 아내는 그냥 지나쳐 버린다. 그저 조용히 야채를 손질하고 있는 할머니들의 물건을 군말 없이 사들인다.

어느 해 설날에 쓸 강정과 밤을 사기 위해 전통시장에 갔다. 시장 입구 길거리에 쪼그리고 앉은 어느 할머니에게 밤을 한 되 샀다. 그 할머니는 비닐봉지에 밤을 담더니 한 움큼 더 넣으려고 했다. 그때 나는 황급히 할머니에게 말했다.

"할머니 더 넣지 마세요. 우린 더 있으나 마나지만 할머니는 더 팔아야 하지 않아요."

"아저씨 같은 사람 처음 본다. 사람들은 더 줘도, 더 달라고 난리인데……."

그러면서 한 움큼 넣고 다시 한 움큼을 더 넣는 것이었다. 덜어내려고 해도 할머니는 내 손을 극구 뿌리치면서 가져가라는 것이었다.

밤 깎는 일은 나의 소임이다. 밤 깎는다는 게 그렇게 손쉬운 일은 아니기에 양이 많은 것이 달가울 리가 없다. 아내더러 깎아놓은 것을 사라고 해도 정성이 부족해선 안 된단다. 해마다 설, 추석, 제삿날이면 나는 밤을 깎아야 한다. 그러니 처음에 할머니가 밤을 한 주먹 더 주려고 했을 때, 내 편하자고 사양했으리라. 차라리 아무 말 없이 처음 한 주먹만 받아왔으면 좋았을 텐데. 그러면 조금이라도 덜 깎아도 되는데, 괜히 몇 마디 말을 더 했다가 일거리만 더 얻어 온 셈이다.

중·고교 시절 교장 선생님의 훈화를 제대로 들은 적이 거의 없다. 담임 선생님의 매서운 눈초리 때문에 꼿꼿이 서서 열심히 듣는 척하지만 마음은 늘 콩밭에 가 있게 마련이다.

"끝으로, 우리나라는…… 에 또, 요즘 너희들 복장이 엉망이야. 에 또, 두발 상태가……."

훈화는 쉽게 끝나지 않고 삼사십 분을 넘기는 건 예사였다. '끝으로'라는 말이 두세 번 더 나오고 난 뒤에야 마치는 경우도 있었다. 강당도 아닌 운동장에서 무더위와 싸우기도 하고, 겨울엔 혹독한 추위와 매서운 바람에 두들겨 맞아가면서…… 한마디로 재미없는 훈화를 듣는다는 건 고역이었다. 가슴은 고사하고 귓가에 오래도록 머물고 지나간 말씀이라곤 기억되는 게 없다.

고등학교를 졸업하던 날, 담임 선생님의 간단한 훈화 끝의 마지막 말씀은 반세기가 훨씬 지난 지금도 잊히지 않는다.

"마릴린 먼로가 주연인 영화 '나이아가라'가 아카데미 극장에서 상영 중이다. 이제 너희들은 그 영화를 봐도 좋다. 이상-"

우리는 손뼉을 치면서 환호했다. 나는 그날 오후 그 영화를 봤다.

사랑하기 좋은 나인데

    퇴직을 앞두고 사귄 여인이다.

    일주일에 한두 번 만나다 정이 들었다. 그녀는 이미 다른 사람과 꽤 많은 세월을 살았지만, 크게 문제 삼지 않았다. 나 역시 총각이 아닌 유부남으로 이런저런 걸 따질 처지가 아니었다. 그녀를 처음 만났을 때, 온몸을 감싸고 있는 검은 드레스에 박혀 있는 하얀 진주조개 단추에 내 눈동자가 꽂혔다. 감미로운 목소리도 마음마저 앗아갔다. 매력이 넘쳤다. 나의 애무가 마음에 들지 않더라도 그저 고분고분 따라줄 뿐이다. 그전에 잠시 알았던 여인처럼 몸을 함부로 다룬다고 소리 지르지 않아 더욱더 예뻤다. 진즉 만났더라면 얼마나 좋았을까.

그녀의 목에는 잔주름처럼 생긴 상처가 하나 있었다. 어떻게 생긴 흉터냐고 묻지 않았다. 허물 없는 사람이 어디 있으랴. 좋아하는 사이라면 이러니저러니 따질 이유가 없지 않은가. 목이 가느다랗고 길쭉하나 펑퍼짐한 엉덩이를 흔들 땐 손발이 찌르르 오그라드는 것 같았다. 입술을 살짝만 물어도 그녀는 혀를 내 입안에 넣은 채 소리를 내었다. 촉촉한 입술과 입술이 맞닿으면 그녀는 울음을 토하며 흐느꼈다. 시간이 갈수록 떨어지려야 떨어질 수 없는 깊은 관계가 되었다.

누군가에게 길이 잘 들었나 보다. 그가 누구인지 굳이 알 필요는 없었다. 과거에 어떤 사람과 살았는지 알아본들 지금 와서 어떻게 하겠는가. 서로 사랑하는 한마음으로 사는 게 더 중요하지 않을까.

누가 먼저랄 것도 없다. 그녀의 가슴을 여기저기 만지며 오르내리다 아랫도리를 빠르게 누르면 내 목을 끌어안은 채 높은 소리로 까무러질 듯 노래한다. 나도 두 눈을 감고 금방이라도 쓰러질 것처럼 온몸을 흔든다. 이마와 가슴에 땀이 맺힌다. 조용히 목덜미로 손가락을 옮겨 천천히 쓰다듬으면 그제야 숨을 고른다. 입을 떼고 손가락을 놓으면 목청껏 소리 지르던 그녀가 숨을 멈추고 나를 쳐다본다. 일심동체다.

늦바람이 들어도 단단히 들었다. 화요일과 금요일 밤에 아내몰래 그녀를 만날 땐 가슴이 두근거렸다. 아내가 이러쿵저러쿵 구시렁거릴까 봐 사실대로 말할 수 없었다. 환갑이 지난 이 나이에 괜한 짓을 하는 것 같아 미안했다. 밤늦은 시간 현관에 들어서면서 아내의 눈치를 살피느라 눈동자가 옆으로 틀어지기 일쑤였다. 친구들과 한잔하느라 늦었다면서 "끄윽- 꺽-" 날이 갈수록 헛 딸꾹질이 늘었다. 아내가 그녀와의 관계를 알면 뭐라고 말할까 두려워 이리저리 둘러댔다.

　그녀와 동거한 지 십여 년 세월이 흘렀다. 처음에는 그녀의 비위를 맞추지 못해 미안한 마음이 들었다. 어떻게 해야 그녀를 충분히 만족시킬 수 있을까. 그녀를 끌어안고 뒹구는 시간이 많았다. 내 서투른 솜씨에도 그녀는 나무라거나 투정하지 않았다. 마음에 들지 않더라도 입을 함부로 나대지 않는 침묵의 달인이었다. 노래 부르기를 좋아하면서도 혼자서는 부를 줄 몰라 반드시 내가 그의 입술을 살며시 물어주어야 노래하는 여인이었다.

　입맞춤도 뜸하다. 얼마 전부터 그녀를 내 가슴에 품어도 한 시간은 고사하고 삼십 분을 넘기기 어렵다. 내 솜씨가 부족하지만, 태연한 척 그녀를 끌어안고 버틴다. 고혈압과 부정맥 약을 먹어도 호흡이 예전만큼 따라주지 않는다. 얼마 못 가 숨이 가빠져 그녀의 몸통을 내려놓는다. 언제 그랬느냐는 듯 입을 꾹 다물어버

린다. 사이가 점점 멀어진다. 부끄럽지만 체력이 따라주질 않는
걸 어떡해.

어쩌다 이렇게 되었는지 모르겠다. 그동안 참 무책임했다는 생
각이 들어 오랜만에 그녀와 함께 노래하고 싶어 안아 본다. 그녀
는 기다렸다는 듯 내게 입술을 허락한다. 두근거리는 가슴을 억
누르며 손가락으로 그녀의 온몸을 쓰다듬는다. 처음엔 낮은 소
리로 옹알대다가 점점 크게 소리 지르더니 금방 낮은 소리로 흐
느낀다. 그런가 하면 다시 높은 소리로 부르짖다 낮은 소리로 숨
넘어갈 듯 길게 숨을 내뱉는다.

어느 날 우연히 거울 속에 비춰진 내 모습을 바라보면서
세월아 비켜라 내 나이가 어때서 사랑하기 딱 좋은 나인데

오랜만에 불러 본다. 그녀는 나와 함께 노래하기를 좋아한다.
이런 걸 사랑이라고 하는가. 흔히 사랑하기 좋은 나이라고 말하
지만, 이제 그렇지 못하다. 아직 늙지 않았다고 큰소리쳐도 옛이
야기만 허공에서 춤을 춘다. 나는 진정 프로가 아니다. 헛손질만
해댄 허수아비였을까. 아내가 무슨 말을 하든 내 삶에 마침표를
찍는 그 날까지 그녀가 내 곁을 떠나지 않게 하리라.

개밥바라기별이 창가에서 알토 색소폰을 바라보며 웃음 짓는
초저녁이다.

맷돌은 노래하고 싶다

들안길에 있는 'Y'라는 한식당에 들렀다. 현관 앞에 크고 작은 맷돌이 디딤돌로 열댓 개 누워 있었다. 모두 시멘트 사이에 파묻혀 입을 꾹 다문 채였다. 감방에 갇힌 죄수처럼 보였다. 어쩌다 이 지경에 이르렀을까?

요즈음 남자들은 예전 같지 않다. 남편으로 혹은 아버지로서 제대로 잘 살아가고 있는지 알 수 없다. '자기'로 살아가는 남자들은 그래도 복이 있는 편이다. 아예 종처럼 취급받는 사내들도 있으니 참 딱하기도 하다. 남녀의 역할이 뒤바뀐 가정이 어디 한둘이어야 말이지. 청소에 설거지, 취사까지 남성들이 해주니 여성들이 살판났다. 여왕 대접이다. 아예 모든 가사를 남편이 도맡아 하는 가정도 있다. 아내가 절대적인 경제력을 행사하는 집안의 남편들은 함께 살아주는 것만으로도 고마워하는지 모른다.

요즘 남자들 참 입이 무겁다. 젊은이는 또 그렇다 치자. 나이 많은 사람들도 이제 마음 놓을 때가 아니다. 내 아내는 옛일을 기막히게 잘 기억하고 있다. "예전에 당신이 내게 어떻게 했는지 아느냐?"라고 따질 땐 뭐라 변명도 하지 못한다. 처지가 바뀌어도 이만저만 바뀐 것이 아니다.

부인들이 장기 여행이라도 가는 날에는 눈치를 잘 살펴야 한다. 괜히 잘못했다가는 밥도 제대로 얻어먹기 힘들어진다. "어디 가느냐? 언제 오느냐?" 섣불리 물었다간 무슨 봉변을 당할지 모른다. 그저 '잘 다녀와요.'라고 기분을 맞춰 주어야만 별일이 생기지 않는다. 입이 무거워야 산다.

인류가 맷돌을 사용하게 된 것은 아마 8,000여 년 전 신석기시대쯤으로 추정된다. 동서양을 막론하고 맷돌은 거의 비슷한 형태와 구조로 되어 있다. 물론 하는 일도 대동소이하다. 아랫돌과 윗돌이 한 짝으로 이루어진다. 아랫돌은 '숫맷돌'이라 하여 가운데에 '숫쇠'라는 쇠꼬챙이가 꽂혀 있다. 남성의 상징이다. 윗돌은 '암맷돌'이라 하고 아랫배 가운데에 '숫쇠'가 들어갈 수 있는 '암쇠' 구멍이 있다. 여성 상위다. '숫쇠'와 '암쇠'는 궁합이 맞아야 한다. 어느 한쪽이 크거나 작으면 제대로 일을 치를 수 없다.

'암맷돌' 윗부분엔 곡물을 넣는 아가리와 손잡이를 끼우는 두 개의 구멍이 있다. 손잡이는 나무를 깎아 'ㄴ' 모양으로 뚫린 구멍에 끼우는데, 그 굵기가 여인의 손아귀에 알맞게 들어갈 정도의 크기라야 한다. 얼마큼 돌리다 보면 손잡이는 여인의 체온과 같아져서 달아오른다. 여인은 가슴이 쿵쿵 뛰고, 아가리로 들어간 곡물은 애욕愛慾의 눈물을 흘린다. 노동의 힘듦도 잊어버린다. 여인의 손에 잡힌 맷손(어처구니)은 끈적끈적한 애액愛液에 젖는다. 어느덧 여인은 오르가슴orgasm이 오지 않아도 엉덩이를 위아래로 들썩거린다.

> 노자 좋다 노들애 강변에 비둘기 한 쌍 울콩 하나를 물어다 놓고
> 암놈이 물어서 쑥놈 주구 쑥놈이 물어서 암놈 주고
> 암놈 쑥놈 어우는 소리 동네 청춘과부가 지둥만 보듬고 돈다.

방아타령에 나오는 노랫말 일부이다. 맷돌 노래와 방아 노래 또는 방아타령에 나오는 노랫말을 보면 우리 조상들의 풍자와 해학이 넘친다. 감탄이 절로 나온다. 힘든 맷돌질을 음양의 결합인 남녀의 성적 행위로 보고 있다.

판소리 춘향가에는 이몽룡과 춘향이 초야를 치르는 장면이 나온다. 그때 부르는 '사랑가' 중의 맷돌 노래는 너무 노골적이라

판소리 완창에서나 겨우 들을 수 있다. 춘향이는 아니지만, 맷돌 질하는 여인들은 이몽룡을 안고 도는 양 노래를 부르며 신이 난다. 콩 석 되를 찧는 데 한 시간가량 소요되어도 힘든 줄 모른다. 더욱 일찍 남편을 여읜 여인들이야말로 이 이상 더 좋은 방사房事가 어디 있겠는가.

'숫맷돌'은 '암맷돌'이 하는 대로 온몸을 내맡길 뿐이다. 실생활 속에서는 남성 위주였다고 하지만, 이런 일을 통해서 여성들은 대리만족을 찾았는지 모른다. 여성들은 신나게 돌리고 돌렸다. 평소 다듬잇돌에 방망이를 두드리며 쌓아놓은 에너지를 이때다 싶어 뽐내는 것인가. '숫쇠'는 죽을 맛이다. '암쇠'의 눈치를 보아야 한다. 자율성을 잃고 완전히 수동적으로 움직일 수밖에 없다.

젊은 서방님들이 참 측은하다. 나이 지긋한 사람들은 그래도 한때 큰소리라도 치고 살았으니 덜 억울하다. 취업하기도 힘들고, 가까스로 직장을 구해도 언제 쫓겨날지 모르는 불안한 삶을 살고 있다. 집에 오면 아내의 눈치를 잘 살펴보아야 한다. 아이들이 말[馬]놀이하자고 하면 얼른 엎드려야 한다. 아이를 등에 태우고 히힝- 히힝- 하면서 거실 여기저기를 돌아다니는 말이 된다.

여름이면 자주 찾는 콩국수 전문점이 있다. 그 식당 한가운데 맷돌이 전기장치로 신나게 콩을 갈아댄다. 아가리로 콩이 들어가는 것도, 암맷돌이 돌아가는 것도 자동이다. 비록 자동이지만,

그것을 보면서 콩국수를 먹으니 더욱 구수하다. 작년 여름 어느 날, 그 식당에 갔더니 맷돌이 보이지 않았다. 국수 맛이 예전과 달랐다. 어디서 어떻게 갈아 오는지 알 길이 없었다.

여인들은 5분이면 갈아주는 믹서기를 맷돌보다 더 사랑한다. 힘들게 돌릴 필요도 없다. 맷돌은 노래하고 싶어도 시멘트 사이에 파묻혀 입을 꾹 다물고 살아야 한다. 온갖 스트레스에 찌든 남정네는 야사夜事에서 5분을 견디지 못한다. 아내들의 불평이 이만저만이 아니다. 참 이율배반적이다. 한때는 '암쇠'의 사랑이나마 듬뿍 받았지만 이젠 밤낮없이 밟혀야 하는 디딤돌처럼 살아야 한다. 때로는 민속박물관에서 박제된 채 깊은 잠을 자야만 한다. 맷돌이 된 사내는 개구리처럼 눈알이 툭 튀어나와 한숨만 푹푹 쉴 수밖에 없다. 어느덧 나도 개구리를 닮아간다. 아내가 예전 같지 않다. 잔소리가 늘어나고 큰소리까지 곁들인다. 돌지 않는 맷돌 신세다.

식당을 나서면서 맷돌을 밟지 않으려고 옆으로 비켜 지나왔다. '나도 너처럼 노래하고 싶다.'

아내의 성

당 태종이 AD 645년 고구려 정복에 나섰다. 십만 대군으로 팔십팔 일간이나 성을 포위하여 토산土山까지 쌓아가며 공략하나 성공하지 못했다. 군량미가 동이 나고 이내 겨울이 다가오자 퇴각할 수밖에 없었다. 랴오허강을 되돌아가면서 많은 사상자만 냈을 뿐이다. 안시성은 쉽게 함락되지 않은 견고한 성城이었다.

천주교에서 세례 받은 지 어언 반세기가 지났다. 아내를 만난 것은 세례를 받고 나서였다. 서로 모르는 상태에서 함께 교리를 배웠고, 영세 후 청년회 활동을 하면서 가까운 사이가 되었다. 그것은 하느님의 계획이었을까. 둘 다 집안에선 천주교의 첫 신자였다. 다른 젊은이들과 함께 봉사 활동과 친목 행사 등을 통하여 연인이 되었고, 허니문을 열었다.

아내는 셋째 딸이다. 셋째 딸은 묻지도 말라는 말이 있지만, 그런 이유로 결혼한 것은 아니다. 몇 년 동안 함께 청년회 활동을 하다 보니 정이 들었다. 성실할 뿐만 아니라 남을 배려할 줄 알고 책임감이 강했다. 함께 살아가도 부족함이 없을 그런 여인이었다. 결혼 후 부모님과 같이 살아가면서도 불평하지 않았다.

아내는 신앙생활에 열심이었으나 나는 그렇지 못했다. 아내는 바쁜 직장생활과 신혼살림 가운데에서도 주일미사에 빠지지 않았다. 반면 나는 결혼한 이듬해 봄부터 토요일만 되면 밤낚시로 저수지에서 밤을 새우는 날이 많았다. 낚시로 지친 날은 주일미사에 가지 않았다. 미사에 빠져도 벼락은커녕 어떤 벌도 없었다. 점점 주일미사에 가지 않고, 내 하고 싶은 대로 할 때가 많아졌다. 아내는 속이 탔지만, 시부모와 함께 살면서 이런저런 말도 못 하고 하느님께만 하소연하는 삶을 살아야 했으리라.

삼십여 년 전 부모님이 세상을 떠났다. 두 아들마저 서울에서 생활하고부터 우리 부부는 아이들이 사용하던 방을 하나씩 차지했다. 작은아이의 방은 아내의 기도하는 방이 되었고, 큰아이의 방은 컴퓨터를 사용하는 방으로 내가 그 주인이었다. 밤이 이슥하여 잠자리에 들려고 아내를 찾으면 아내는 열심히 기도하고 있었다. 차마 부를 수 없었다. 두말없이 안방으로 들어와 기다리다 맥이 빠져 홀로 잠들곤 했다.

아내도 일흔을 갓 넘긴 나이가 되었다. 사오 년 전부터 아내는 안시성 성주처럼 성문을 굳게 닫아 버렸다. 아내의 성문性門을 열려고 애썼으나 입성하지 못하고 성 밖에서 발만 동동 굴려야 했다. 누구처럼 토산을 쌓을 수도 없었다. 속물적 근성이 강해서 그런가. 나만 이상한 사람이 되어버리곤 했다. 찬바람을 맞으며 랴오허강을 건너 퇴각하는 당 태종처럼 고개를 숙였다.

아내는 수년 전부터 자기만의 성城을 쌓고 있다. 고관절이 안 좋아 걷는 것조차 힘들어하면서 평일에도 매일 미사에 거르지 않고 참례한다. 혹 미사에 빠지게 되면 큰 죄라도 지은 것처럼 생각한다. 가끔 '아내가 전생에 수녀나 비구니였던가?' 하는 생각이 들 정도다. 때때로 '나는 누구하고 사는가?' 하는 의문이 들 때도 있다. 사람이란 하루에도 몇 번이나 마음이 바뀌기도 한다. 부부 관계도 그런 것인가 보다.

성생활性生活이 제대로 이루어질 턱이 없다. "나이 들어 웬 주책이냐?"라고 할지 모르나 그게 어디 그런가? 그렇다고 당 태종처럼 무자비하게 공성攻性을 할 수도 없지 않은가. 아내는 하느님을 중심으로 살아왔다. 나는 그 바깥에서 겨우 기웃거리고 있었다. 기약할 수 없는 뒷날이나마 생각하며 물러설 수밖에……

부부는 서로 닮는다고 한다. 어느덧 나도 평일 미사에 자주 참례하게 되었다. 주일을 제외하고도 미사 참례하러 평일에 네댓 번 성당에 간다. 성생활性生活보다 성생활聖生活을 우선으로 하는 생활로 바뀌어 간다. 아내의 안색은 젊은 시절보다 훨씬 더 평화로워 보인다. 이부자리의 만족된 생활보다 부부가 함께 신앙생활을 열심히 하는 게 아내의 행복인지도 모른다.

 예전에 주님과 멀리 떨어져 있던 시절이 떠오른다. 그때는 모든 것이 내 중심이었다. "마음 약한 사람이 하느님을 찾고 부처님을 찾는다."라고 하신 선친의 말씀처럼 나도 내가 있어야 다른 것이 존재한다고 여겼다. 그러던 아버지도 중풍으로 반신불수가 되었다. 병석에 누워 계시면서 세례를 받고 하느님을 열심히 찾으셨다. 잠자리에 들기 전 아버지는 며느리를 불렀다. 며느리로부터 그날의 복음 말씀을 듣고서야 꿈나라로 가셨다. 아내는 그 일을 4년이나 하루도 거르지 않고 하느님의 말씀을 전했다. 성경 말씀을 마음에 새겨서 그런지 아버지는 편안히 영면하셨다. 사람들은 자기 자신이 강할 땐 자기를 믿고, 약할 땐 다른 사람에게 기대거나 절대자를 찾는가 보다.

 아내는 난공불락難攻不落의 안시성 성주이다. 오를 수 없는 성문 아래에서 나는 요즘도 서성거릴 뿐이다. 국내산 병기인 '센놈'과

'팔팔'한 놈도 통하지 않는다. 미국산 용병인 '비아그라'도 원군이 되지 못한다. 나 자신도 예전의 그 용맹성을 잃어버리고 되돌아 설 수밖에 없다.

　나 혼자만의 세계에서 살아온 내가 부끄럽다. 하느님과 등을 지다시피 살아오면서 온갖 잡기를 즐긴 '나는 참 못난 남편이었구나.'라는 생각이 든다. 낚시, 당구, 바둑, 고스톱, 파친코 등에 관심을 가진 것이 나만의 탐욕일까. 어쩜 방황의 생활이었는지 모른다. 그렇게 하느님과 멀리 떨어져 살면서도 큰 벌을 받지 않고 살아갈 수 있었던것은 내가 예뻐서 그런 게 아니라 내 곁에서 묵묵히 기도해 온 아내의 덕이다. 그런데도 나는 아내의 성을 허물려고만 했으니……

가자미가 된 남자

고등어는 표층이나 중층에 사는 물고기다. 끝없이 돌아다녀야 하는 운명인가, 한자리에 가만히 멈추지 않는다.

활어회를 파는 횟집의 수족관은 대개 직사각형이다. 반면에 살아 있는 고등어를 파는 횟집의 수족관은 원형이다. 수십 마리의 고등어가 원을 그리며 계속 앞으로 앞으로만 내달린다. 바닥에 납작 엎드린 가자미들을 비웃기라도 하는 양 잠시도 쉬지 않고 계속 돌고 돈다. 가자미들은 이렇다 할 움직임도 없이 눈만 껌벅거리며 빠르게 움직이는 그들을 어이없다는 듯 쳐다본다.

젊었을 때 나는 한 마리 고등어였나 보다. 한자리에 오래 머물지 못했다. 술자리에서도 1차, 2차, 3차로 옮겨 다녀야 제대로 술 마신 기분이 들었다. 등산하러 가서도 이 산 저 봉우리로 발길을 옮겨 다

넜다. 낚시터에서도 조금 기다렸다가 입질이 없으면 저수지를 돌면서 낚싯대를 여기저기 담갔다 들었다. 한여름에는 쏘가리나 꺽지를 잡는 루어 낚시에 푹 빠져 수조 안의 고등어처럼 개울을 오르락내리락 돌고 돌았다. 좋아서 하는 일이라 피곤한 줄도 몰랐다.

직장에서 제일 먼저 춤을 배웠다. 무엇이든 다른 사람보다 앞서 하면 좋은 줄 알았다. 천천히 움직이는 4박자인 블루스보다 빠르게 몸을 놀리는 6박자인 지르박이 더 재미가 있었다. 출퇴근하는 버스 뒷자리에 앉으면 '하나, 둘, 셋, 넷, 다섯~, 여섯' 마음속으로 스텝을 헤아리며 발바닥으로 박자를 맞추었다.

서너 달 개인지도를 받은 후 무도장에 들락거렸다. 아무 여인에게나 정중히 인사하고 오른손으로 상대방의 왼손을 잡았다. 한 곡이 끝나면 그뿐이었다. 서툰 솜씨로 서두르다가 상대방의 발등을 밟거나 일찍 상대를 돌려 버렸다. 내게 다시 손을 잡아주는 여인은 없었다. 이내 흥미를 잃고 또 다른 데로 눈을 돌렸다.

단독주택에 살 때 흑백사진 현상실을 만들었다. 시간이 어떻게 흘러가는지 몰랐다. 주말이나 방학을 이용하여 촬영한 대여섯 롤의 필름을 현상하고 인화하면 작업실엔 새로운 세상이 펼쳐졌다. 암실에서 보내는 시간은 늘 멈춘 상태였다. 빛을 가감하면서 만들어진 피사체는 촬영 당시와 차이가 나기 마련이었다. 마음에 들지 않으면 현장을 다시 찾았다. 서해 갯벌, 백로 서식지, 이름난 사찰,

지리산과 설악산의 일출 등 바쁘게 쫓아다녔다. 한 오 년 지나자 이것도 시들해졌다. 사진작가가 되겠다는 꿈마저 접었다.

이름난 '맛집'이라 한들 줄을 서서 한 시간 이상 기다리지 못한다. 그 시간에 다른 일을 하는 편이 훨씬 경제적이고 효율적이라고 여긴다. 가만히 있지를 못하고 뭔가 해야만 직성이 풀린다. 이런 나를 두고 주위 사람들은 부지런하다느니 열정이 넘친다느니 하면서 치켜세웠다. 이런 말이 듣기 좋아 이것저것 가리지 않고 열심히 설쳤다. 따지고 보면 진득하지 못한 성격 탓이었다.

운전면허를 취득하여 처음엔 무척 조심스럽게 핸들을 잡았다. 고속도로를 서너 번 달리고 나서 자신감이 생기자 씽씽 내달렸다. 앞차가 안전운행을 하느라 서행하면 앞질러 가야 속이 시원했다. 이 바쁜 세상에 왜 저리 굼벵이처럼 움직이느냐며 혼자 혀를 끌끌 찼다. 형제들은 내 차에 동승하기를 꺼렸다. 나는 신나는데 그들은 오금이 저리다고 야단이었다. 과속 딱지가 일 년에 몇 차례씩 날아와 과태료를 심심찮게 물었다. 조심해야지, 하면서도 고쳐지지 않았다. 세 살 버릇 여든까지 간다는 말이 어긋나지 않다는 것을 많은 수업료로 지불하면서 배웠다.

빠르다고 다 좋은 것은 아니라는 걸 뒤늦게야 알았다. 지하철을 타고 가면 매끄럽게 지나가는 터널의 벽만 실컷 보게 된다. 전동차 안에서는 스마트 폰에 정신을 뺏긴 사람들만 멋없이 바라본다. 1호선과 2호선보다 느리게 가는 하늘 열차인 대구 3호선은 철 따라 변하는 풍경을 실컷 구경할 수 있다. 여유롭게 날아가는 백로의 날갯짓을 보게 되고 형형색색 몸가짐을 달리하는 가로수가 달려와 가슴에 안긴다.

고등어처럼 마구 달린 젊은 시절이었다. 바쁘게 살아갈 땐 좌우를 돌아볼 생각을 갖지 못하고 앞만 보았다. 부모·형제도, 아내도, 자식도 눈에 바로 들어오지 않았다. 그저 내 좋을 대로 달려왔을 뿐이다.

돌아보면 눈을 감고 살아온 것 같다. 이 눈치 저 눈치 보지 않았으니 스스로 대견하다는 생각이 들면서 한편으로 가족, 특히 아내에게 미안한 마음을 금할 수 없다. 이기적이란 말을 들으면서 뭐라고 반박하거나 변명도 제대로 못 하고 시곗바늘 돌 듯 반복된 일상이었다.

나이를 먹어가면서 가끔 돋보기를 찾고 눈살을 찌푸린다. 가는귀까지 먹어 TV 볼륨을 다른 사람보다 배 이상 높여야 겨우 알아들을 정도가 되었다. 시력이 저하된 것은 주위 사람들의 사소한 실수나 잘못을 보고도 못 본 체하라는 가르침일까. 미사 때 집전 사제의 강론을 들어도 무슨 말인지 잘 몰라서 아내에게 두어 차례 되물었다가 집중하지 않는다고 쓴소리만 듣는다. 낮은 말소리를 잘 알아듣지 못하는 것은 무엇 때문일까. 혹 다른 사람이 나에 대해서 뭐라고 쑥덕거리거나, 심지어 궂은소리를 하더라도 못 들은 체하라는 신의 계시인가.

말을 잘 알아듣지 못함으로 해서 생기는 오해가 한두 번이 아니다. 어느 날 술자리에서 한 친구가 전화로 "다금바리 한 마리 부탁해."란 말을 듣고 잠시나마 기분이 최고조였다. '모처럼 그 귀한 회를 먹게 되었구나. 역시 이 친구는 통이 커!' 자리를 옮기고 보니 치킨 집이었으며, '다금바리'가 아닌 닭 한 마리였다.

언젠가부터 치아가 하나둘 빠져나갔다. 어쩔 수 없이 위아래에 틀니를 맞추었다. 빵이나 떡 같은 걸 먹을 때엔 틀니를 빼고 오물거리다 삼킨다. 음식 맛이 제대로 있을 리가 없다.

바다 생선은 대개 날카롭거나 톱니 같은 이빨이 있다. 쥐치 같은 물고기는 먹이를 야금야금 잘라먹는다. 가자미는 이빨이 없어 먹이를 씹거나 끊어 먹지 않고 삼킨다. 치어일 때엔 상층부에서 돌아다니지만, 성어가 되면서 바다 밑 모래더미 속에 파묻혀 살아간다. 사람이 나이가 들어 노화 현상을 보이는 것도 가자미와 별반 다를 게 없다 싶다. 늙어서도 천방지축 날뛰면 노망이 든 것으로 보이리라. 영원한 침묵의 세계로 들어가기에 앞서 낮은 곳에서 지난날을 되돌아봐야 하는 나! 이제 더 이상 고등어가 아니었다. 앞으로는 가자미처럼 살아가는 삶에 길들여져야겠다며 마음을 다진다.

아내의 손

생전에는 손이 큰 줄 몰랐다. 세상을 떠나고도 한참이나 지난 후 어머니의 손이 대단히 컸다는 걸 알았다. 요즘은 아내의 손이 커졌다. 그 손에 비하면 내 손은 초라할 정도로 작다.

아내는 재테크에 관심이 없다. 나 역시 마찬가지다. 땅을 사두 었다든지 아파트를 분양받아 차익을 남겼다든지 하는 이야기는 다른 사람의 무용담이다. 통장의 잔액은 일곱 자리의 숫자를 넘긴 적이 없다. 그저 굶지 않고 살아가는 것만 해도 만족하며 지낸다.

어머니는 아홉남매의 막내였다. 큰오빠의 첫아들이나 둘째 아들보다 나이가 적었다. 많은 사랑을 먹으면서 자랐으리라. 열여섯의 나이에 상처喪妻한 서른 살 남자의 아내가 되었다. 그에게는 여섯 살 된 딸과 세 살 된 아들이 있었다. 어쩔 수 없이 보듬으며 키워야 했다. 나는 어머니가 낳은 첫아들이었다.

아내는 둘째 아이를 낳으면서 전업주부로 돌아섰다. 시부모와 시동생들과 함께 살면서 안살림을 도맡았다. 손이 열 개라도 모자랄 지경이었다. 손이 클 수가 없었다. 그런 사정도 모른 채 나는 밖으로만 나돌았다. 내 하고 싶은 대로 하는 망나니처럼 살았다.

아버지가 두 번째 중풍을 만났다. 방바닥을 등에 지고 오 년을 견뎌야 했다. 1년 차가 지날 무렵 어머니가 먼저 불의의 사고로 세상을 떠났다. 아버지의 육신은 아내의 몫이 되었다. 아내는 아버지의 곁에서 온갖 수발을 홀로 감당했다. 나는 어쩌다 욕실에서 함께 머리를 감고 씻는 일을 보조했다.

어머니의 오빠나 언니의 자식들은 어머니를 잘 따랐다. 이모나 고모가 아닌 언니나 누님처럼 내 어머니를 좋아했다. 어린 시절 우리 집은 그래도 살림살이가 넉넉한 편이어서 피붙이들이 찾아오면 섭섭하게 보내지 않았다. 손이 컸음을 그때는 몰랐다.

어머니의 손이 바빴다. 동생들이나 나의 친구가 밥때에 집에 오면 그냥 보내지 않았다. 모자라는 밥을 어떻게 나누어서라도 함께 먹도록 했다. 해가 뜨면 대문을 열어 두었다. 다리 아래에 사는 동냥아치가 찾아오면 보리밥이라도 한술 떠주고, 김치라도 얹어 주었다.

고등학교 3학년 때였다. 자취하던 내 친구가 쌀 포대를 메고 책가방을 든 채 우리 집에 왔다. 어머니는 두말없이 그 친구의 뒷바라지를 해 주었다. 자식이 많음에도 쓰다 달다 말 한마디 없이 자식 대하듯 그 친구를 받아들였다. 친구는 그때 3개월을 머물렀다.

고등학교 3학년 담임을 할 때였다. 반 아이 중에 우수한 성적을 나타내는 학생이 있었다. 비산동에서 자그마한 선술집을 하는 어머니와 동생과 함께 살았다. 공부방은 고사하고 살림방마저 따로 없는 형편이었다. 2학기가 시작될 무렵 그 아이를 우리집으로 데려왔다. 두 아이가 쓰던 방을 내주었다. 아내는 아무런 불평도 없이 아침마다 도시락을 챙겨주었다. 4개월이 지나 그는 대구 모 대학에 수석으로 합격했다.

아버지가 먼저 간 어머니를 따라가셨다. 5년을 병석에 누웠으니 유산이랄 것도 없었다. 아버지는 편안히 눈을 감으셨다. 얼굴 어디 하나 이지러진 곳도 없었다. 나와 함께 소렴小殮을 하던 나이 지긋한 장의사가 한마디 했다. "아니, 어떻게 욕창도 하나 없어." 아파트 16층에 빈소가 마련되었다. 삼우제를 조용하게 지냈다.

아버지의 장례식이 끝난 후 아내는 두 손을 정성껏 모았다. 두 아들을 위한 사랑이 두 손에서 장미꽃으로 피어났다. 미사와 기도 생활이 하루의 주 일과였다. 복지기관이나 천주교 성지를 위한 후원단체에 적극적으로 참여했다. 성당에 내는 교무금과 후원회비가 얼마인지 나는 알려고 하지 않았다. 아내의 손은 그렇게 커나가기 시작했다.

동대구역이나 시장을 지나갈 때, 아내는 그냥 스쳐 가지 못한다. 땅바닥에 엎드린 그들의 작은 그릇에 지폐를 얹어놓고 간다. 나는 동전 하나 슬그머니 놓는다. 아내의 손보다 작다. 연금을 받은 다음 날 아내는 한 장애인 집에 다녀온다. 혼자 가는 것이 아니라 신사임당이 따라간다.

아내는 일주일에 한 번씩 오빠 집에 다녀온다. 십여 년 전에 병으로 아내를 잃은 오빠 집에 몇 가지 반찬을 만들어 가져가며, 집안 청소를 하고 돌아온다. 예전처럼 손이 열 개라도 모자랄 지경이다. 고관절로 다리가 불편함에도 여기저기 다니는 아내가 때로는 애처롭다. 모른 척하는 내가 도리어 불편하다.

아내는 어머니를 닮아간다. 김장이라든지 반찬 만들기 등 살림살이가 대물림이다. 마음 씀씀이까지 어머니를 보는 것 같다. 육신은 살아있지 않아도 정신만은 사라지지 않는가 보다. 어머니의 손이 아내의 손으로 이어져 내려온다. 커지는 아내의 손에 주름이 많다. 어머니의 손이다.

5월의 대지에 높새바람이 살랑거린다.

어떤 꽃으로 피어날까

제사는 죽은 이가 후손에게 남기는 꽃이다. 죽어서 맑은 향기를 풍기는 분도 있고, 더러운 냄새를 풍기는 사람도 있다.

아버지의 제삿날은 추석 일주일 전이고 어머니는 추석을 지낸 삼 주일 후다. 처음 몇 년간은 제날짜에 제사를 지냈다. 그러다가 어머니와 아버지 제사를 합치기로 의견을 모았다. 제삿날엔 형제들이 꽃을 찾는 벌, 나비처럼 모여들었다. 여기저기 흩어져 살고, 바쁜 일상생활 속에서 불편을 느끼게 되자 차츰 제사 날짜에 관한 다른 의견들이 오가기 시작했다.

추석에 차례를 지내면서 부모님 제사와 함께하자는 이야기가 오고 갔다. 그렇게 되면 제사의 의미가 전혀 없다는 반론도 제기

되었다. 그러면 어떡해? 제사는 뒤로 미룰 수 없다는 말이 다수였다. 우여곡절 끝에 올해는 추석 일주일 전에 예년과 같이 지내기로 합의했다. 내년부터는 추석 일주일 전 아버지 제삿날 바로 앞 토요일에 지내자고 의견의 일치를 봤다.

제사를 마음대로 바꿀 수 있느냐는 말도 있었지만, 모든 형제가 가장 많이 참석할 수 있는 날이 좋을 것 같다는 것이 다수의 뜻이었다. 제사는 조상에 대한 숭앙심과 추모에 대한 의미를 두고 기념하는 행사라 할 수 있다. 이는 후손들이 모여 우애를 돈독히 할 기회다. 죽은 이와 살아 있는 모두를 위한 축제와 같은 날이면 더욱더 좋겠다.

그날 벌초를 가서, 아버지 임종을 지킨 형제는 아무도 없다. 내 아내만 이른 아침에 잠시 지켜봤을 뿐이다. 어머니는 불의의 사고로 돌아가시어 역시 임종을 본 형제는 없다. 한 맺힌 이런 불효 자식들이 어디 있을까. 제사를 두고 여섯 형제가 티격태격 다투지 않는 것만으로도 다행이다. 아버지는 이십칠 년이 지났지만, 아직 깨끗한 향기를 내뿜는다. 아버지보다 4년 일찍 세상을 떠난 어머니는 항상 그리움의 대상이다.

부모님 생전, 추석이나 설날엔 팔 남매와 그 아이들까지 삼십여 명 남짓 모였다. 이제 해가 갈수록 이십여 명, 십여 명으로 줄어든다. 그래, 앞으로 우리 세대가 지나가고 나면 명절의 의미 자체가 희석되지 않을까. 나만의 기우가 아니었으면 좋으련만……. 제 날짜는 고사하고 아예 제사 자체가 사라질지도 모른다. 제 팔 제가 흔들기다. 그때는 부모의 꽃향기는 온데간데없이 사라지고, 우리 아이들은 먼 이국땅에서 휴가를 즐기고 있을지도 모른다.

아이들아, 제사 날짜는 어떻게 하든 문제 될 게 없다고 본다. 다만 그날만이라도 형제가 만나고, 가능하다면 몇 안 되는 사촌들과 함께 자리하기를 바란다. 그것마저 어렵다면 제삿날 성당에 연미사라도 넣는 걸 잊지 않았으면 좋겠다.

멀지 않은 날, 저 하늘로 가고 나면 나는 어떤 냄새를 풍길까. 향기가 아니라면, 눈 내린 날 아침 하얀 나비가 되어 나풀나풀 날았으면 좋겠다. 따스한 봄날 개울가에 핀 하얀 찔레꽃이길 바란다면 허망한 나의 욕심일까?

나의 로망

"아이고, 우리 아가야-."

아내가 내 등을 토닥거리며 한 말이었다. 전날 술에 고주망태가 되어 엎치락뒤치락하다 잠을 설친 아침이었다. 우리 집에 아기가 어디 있나. 잠결이었지만 아내가 이상해 보였다. 사십 년 넘게 함께 살아온 남편을 어린애 취급을 하다니. 이건 해도 너무 한다는 생각이 들어 기분이 썩 좋지 않았다.

가끔은 알아들을 수 없는 말 때문에 되물으면 "말할 때 좀 귀담아들어요."라고 야단을 친다. 낮은 소리를 잘 듣지 못한다고 말해도 쉽게 받아들이지 않는다. 잘 들리지 않아 못 알아듣는 걸 자꾸 책잡으면 어떡하란 말인가. 이참에 청각 장애등급이나 한번 받아

볼까 하는 마음으로 용하다는 이비인후과에서 진료를 받아도 크게 신경 쓸 일이 아니라는 의사의 진단에 마음을 접는다.

아내는 최근에 와서 걸핏하면 잘 잊어버린다. 정말 잊어주었으면 하는 건 좀체 잊지 않는다. 내가 예전에 실수하거나 잘못을 저지르면서 변명하듯 막말한 말은 끝마디까지 줄줄 외고 있다. 기억력의 천재인 양 되풀이할 땐 진절머리가 난다.

"당신이 그때 뭐라고 했는지 알아요?"

수십 년 지난 지금 그걸 어찌 다 알아낼 수 있는가. 말은커녕 상황조차 까마득하게 사라진 처지에 꿀 먹은 벙어리가 된다. 좋은 것만 기억하면 어디 몸에 병이라도 날까. 걸핏하면 예전의 일을 끄집어내어 속을 뒤집어 놓는다. 그렇다고 젊을 때처럼 밤새도록 술이나 퍼마실 배짱이 없으니 아내의 재방송하는 말을 오른쪽 귀로 듣고 왼쪽 귀로 흘려들을 수밖에……. 이젠 이러니저러니 하고 말하기도 싫다.

아내가 외출하고 한 시간이 지났는데도 화장실에 불이 켜져 있다. 이게 어디 한두 번인가. 같이 늙어가면서 다투어 봐야 이로울 게 없다. 단순히 선별형 건망증 정도라면 다행이라고 생각하며 모른 척해버린다.

"열쇠 어디 있어요?"

내게 맡기지 않은 열쇠를 찾는다고 야단이다. 안방에서 작은

방으로 왔다 갔다 하면서 가방을 뒤진다. 이곳저곳 호주머니에 손이 들락거린다. 제발 좀 같은 데 놔두라고 해도 잘 듣지 않는다. 괜히 걱정이 앞선다. 저러다 나들이라도 갔다가 집을 못 찾아오는 것은 아닐지. 아들과 손자들을 '아버지'라 부르고 나를 '아가'라 부르지 말란 법이 있을까. 다른 사람 앞에서 나더러 "우리 집 아기는요."라 부르면 어떡하지.

결혼식을 올린 후 부모와 함께 살았다. 한집에 기거하면서 아내를 어떻게 불러야 할지 오랫동안 서먹하게 지냈다. 가까이 가서 소매를 끌어당기거나 눈짓으로 의사를 표시했다. 아내도 마찬가지였다. 그 쉽고 흔한 "여보" 소리가 입 밖으로 쉽게 나오지 않았다. 부모가 세상을 떠난 후에도 별다른 호칭 없이 지냈다. 꼭 불러야 할 경우엔 가톨릭 세례명을 대신했으니 큰 어려움은 없었다.

새벽 미사에 간 아내가 돌아오지 않는다. 평소보다 한 시간이 지나도 아무런 연락이 없다. 아내의 휴대전화가 거실 탁자 위에 혼자 덩그러니 누워 있다. 어디를 갈 땐 가지고 다니라고 누차 이야기해도 잘 듣지 않는다. 허리가 아파 자주 병원에 다니는 사람이 혹시 길거리에서 넘어져 다치지는 않았을까. 길을 건너다 무슨 사고라도 생겼으면 어떡해. 연락할 방법이 없을 때 어떻게 해야 하나. 진즉 햇빛도 들어오지 않는 미로를 헤매고 있는 기분이다. 서너 시간 뒤 아내가 목욕탕에 다녀왔다며 나타났다. 엊저녁 식사할 때 내일 새벽 미사 마친 후, 목욕하고 온다고 말했다니 나만 이상한 사람이 되었다.

언제부터 그런지는 모른다. 미사 때 집전 사제가 하는 말이 귀에 잘 들리지 않아 아내에게 다시 물어 확인한다. 영화를 봐도 등장인물이 주고받는 대사가 귓가에 잠시 머물다 저만치 물러나기도 한다. 인터넷을 뒤져 눈으로 확인해야 제대로 스토리를 이해하는 때도 있다. 밥을 먹다가 궁금한 것이 있어 컴퓨터 앞에 앉았다가 '여기 왜 왔지?' 하며 돌아서는 경우도 생긴다. 아내더러 잘 잊어버린다고 나무라던 일이 엊그제 같은데 이제 상황이 바뀌었나.

아내가 무엇을 잘 잊어버리듯이 내가 그 꼴이다. 흔히들 치매에 걸리면 끝장이라고들 이야기하는데, 나는 그렇게 생각하지 않는다. 우선 멈춤이다. 잊을 것은 잊고 기억할 것은 기억하면서 새롭게 출발하라는 신호가 아닐까. 아내에게서 아가 소리를 들어도 좋다. 제대로 아기 노릇 한번 해 보면 어떠하리. 무엇이 두려우랴. 노망老妄은 또 다른 이름의 로망이다.

그녀와 처음 수성못을 한 바퀴 돌 때였다. 하늘에서 아름다운 별 하나가 내려와 사뿐사뿐 춤을 추다 내 품에 안겼다. 물이 출렁거리고 내 가슴은 울렁거렸다. 구차스럽게 무슨 긴 말이 필요하랴.

간밤에 술을 너무 많이 마셨나 보다. 늦게까지 이불 속에서 뒤척이다 아내가 내뱉는 "아가." 소리를 들었다. 어떻게 집을 찾아왔는지 기억이 잘 나지 않는다.

"아가야, 아가야."

하는 소리만 귓가에서 맴돌고 있다.

미련 없이 미쳐보자

1964년 9월 ×일 수요일(흐림)

바람을 맞았다. 한 시간이 넘도록 기다렸다. 어디선가 그녀가 나를 지켜보고 있을 것 같아 자리를 떠나지 못했다. 테이블에 놓인 국화빵이 식어도 내 마음은 식지 않았다. 미련이 뭔지 몰라도 미련스럽게 빈 의자만 바라봤다.

어제 5교시 수업은 수학이었다. 3차 방정식이니 삼각함수니 하는 말들이 귓가를 스쳐 교실 밖으로 날아갔다. 내 눈과 귀는 창밖에 머물렀다. 이름 모를 새 한 마리가 앉았다가 떠난 박태기 나무 작은 가지가 파르르 떨고 있었다. 나른한 오후였다.

"선생님! 머리가 아파서 조퇴해야 하겠습니다." 거짓말이었다. 사실은 훌쩍 떠나버린 새 한 마리를 찾고 싶었는지 모른다. 동촌으로 갔다. 강물이 천천히 흘러간다. 노트를 끄집어냈다. 어두움이 강바람에 얹혀 몰려오고 있었다. '그리움'이라고 적었다.

그리움, 그리움, 그리움…….

강물에 윤슬이 반짝반짝 빛났다. 합승에 몸을 실었다. 앞자리에 양쪽 귀밑 아래로 머리를 묶은 여학생이 앉아 있었다. 교실 창밖에서 본 새처럼 보였다. 노트에 적었다. '내일 저녁 7시에 미성당에서 만날 수 있을까요?' 버스에서 내리는 그녀의 손에 쪽지를 건네주었다. 멀어져 가는 그녀의 뒷모습을 한참이나 바라봤다. 가로등 불빛에 그녀의 머리카락이 보석처럼 반짝였다.

식어버린 국화빵을 입에 넣을 때 차가운 바람이 휙- 지나갔다. 너무 오래 앉아 있다고 투덜대는 주인아주머니의 발걸음이었다. 빈 접시에 '미련'이라는 글자를 남기고 자리를 비웠다.

1989년 9월 ×일 목요일 (비)
오늘 마지막이다. 그만두어야지, 하면서도 마음뿐이었다. 정신이 몽롱했으나 재미있었다. 오늘은 정말 이별이다.

H 호텔 오락실, 2년 전 처음으로 이 선생님을 따라갔었다. 파친코에 빠져 허우적거리는 그를 말리려고 하던 내 생각은 물거품이 되었다. 나도 모르게 폭포 아래 소용돌이에 빨려 들어가듯 그의 옆자리에 앉았다. 담배 연기가 모든 걸 덮어버렸다.

묘하게 마음을 끌어당기는 소리였다. 차르르륵 차르르- 구르는 기계음이 온몸을 휘감았다. 별천지였다. "33번 손님! 포 바가 터졌습니다." 장내 아나운서의 목소리가 꽝꽝 울렸다. '나도 언젠가 저 소리 한 번쯤 듣겠지.' 코인 세 개를 넣고 부지런히 핸들을 당겼다.

퇴근하자마자 가는 장소였다. 시내 호텔 오락실을 찾아 어느새 마약중독자처럼 들락거렸다. 영업 마감 시간이 되어야 홀을 빠져나오는 날이 함박눈처럼 쌓였다. 그런 날은 호주머니에 약간의 돈이 남아 있다. 하지만, 대개 빈 주머니를 가지고 집에 돌아왔다. 시곗바늘이 미쳐서 돌아갔다. 빚이 점점 불어났다.

5년 동안 부었던 재형저축이 담배 연기처럼 사라졌다. 빌린 돈을 다 갚았다. 개운해야 할 머리가 며칠 전부터 몹시 따끔거렸다. 아내에게 뭐라고 말해야 할까? 다른 날보다 조금 일찍 귀가한 나를 본 아내의 눈이 이상하다는 듯 휘둥그레졌다. 나는 일언지하로 "재형저축! 다 날아갔소." 아내는 이해하거나 용서한다는 말 한마디 없이 나를 쳐다봤다. 무슨 소리냐고 따지며 고함을 지르는 소리보다 더 무섭게 가슴을 파고들었다. 파친코는 평생 하지 않겠다고 거듭거듭 맹세했다.

2016년 9월 ×일 목요일 (맑음)

오늘, 새로운 일을 저질렀다. 대구교육대학교 평생교육원 '수필과지성' 창작 아카데미에 등록했다. 아내와 한마디 상의도 없이 혼자 결정했다. 오랫동안 잠자고 있던 녀석을 한순간에 일으켜 세웠다.

파친코 사건 후, 주말이나 공휴일엔 낚시터에서 보냈다. 지나간 기억들이 가물거리다 별똥별처럼 사라졌다. 풀벌레가 밤새 소리 지르고 소쩍새가 솥 적다고 슬피 우는 밤이 무수히 지나갔다. 어둠이 깔린 새벽, 샛별이 혼자 호수 위에서 조각배를 저어 가는 그림을 싫증이 나도록 봤다.

그것은 그리움이었다. 학창 시절 그저 무심히 흘려보낸 글쓰기는 그동안 내 몸 어디선가 종양으로 자라왔던가 보다. 칠십 고개에 들어서면서 수필 공부를 하겠다는 내 말에 아내의 입이 씰룩거렸다. 며칠 전 우연히 매일신문에서 본 수강생 모집 기사가 내 머릿속에 깊이 새겨져 떠나질 않았다.

미련은 쉽게 지워지지 않는다. 창작에의 첫걸음을 내디뎠다. 반백 년이 지났어도 썩지 않고 새싹이 돋아날까. 그날, 그 여학생에게 준 쪽지에 적어주었듯이 나는 적는다. "미련 없이 미쳐보자."라고.

직박구리 한 마리가 찍찍- 노래 같지 않은 소리를 내지른다. 황혼이 유리창에 내려앉아 여명을 맞이하고자 조용히 숨을 삼킨다.

죄송합니다, 아버지

　아버지께서 먼 길 떠나시는 날, 나는 멀리서 울었다. 아무런 말도 들을 수 없었고, 할 수도 없었다. 불효자식이 따로 있는 게 아니었다. 그날 새벽, 아내로부터 아버지의 임종 소식을 듣고, 삼백여 리 길을 세 시간 안에 달려왔다. '이게 아닌데……'를 수없이 되새기면서 가속 페달을 뜨겁게 밟아댔다. 앞 유리창엔 아버지의 야윈 얼굴이 저만치서 계속 손짓하고 있었다. 바람마저 '쌩쌩―' 울면서 지나간다.

　아버지에게 단 한 번 뺨을 맞은 적이 있다. 고등학교 2학년 2학기 기말고사를 앞두고, 친구네 집에서 몇몇 친구들과 함께 밤샘 공부를 하고 집에 들어왔다. 외박하고 왔다며 아버지는 나의 뺨을 한 대 때렸다. 뭐 별이 반짝할 정도는 아니었지만, 아버지한테 처음으로 맞았다는 사실이 마음을 몹시 아프게 건드렸다. 뭐라고 이야기할 틈도 없었다. 그 후 아버지와 함께 속을 터놓고 얘기한 적이 거의 없다.

아버지를 미워하거나 일부러 대화를 피한 것도 아니었지만 어쩐지 자꾸만 거리감이 생겼고, 다가서기가 무척 어려웠다. 필요하면 어머니를 통해서 소통이 이뤄지는 게 다반사였다. 물론 그런 세월이 오래 간 것은 아니었다. 군대에 가서 그 어느 때보다 집이 그립고 가족이 보고 싶을 때는, 마음 한구석에 남아있던 아버지에 대한 마음의 찌꺼기마저 다 사라지곤 했다.

삼십여 년 전, 아버지가 중풍으로 쓰러져 그 후유증으로 집에서 병구완을 하게 되었다. 그리고 1년 뒤, 어머니가 불의의 사고로 이 세상을 떠나셨다. 어머니가 계시지 않는 집안은 몹시 어수선해졌다. 곧 안정을 찾은 우리 부부는 그로부터 아버지께서 돌아가실 때까지 사 년을 돌보게 되었다. 나는 장남이 아니면서도 결혼하자마자 부모님과 함께 살아왔다. 고등학교 시절 친정아버지를 여읜 아내는 시아버지를 끔찍이도 위했다.

아내와 함께 아버지의 대소변을 받아 내었으며, 토요일 저녁이면 좌변기 뚜껑을 덮고 그 위에 아버지를 앉히고 머리를 감기고, 몸을 씻겼다. 아버지는 처음엔 매우 겸연쩍어했으나 곧 모든 걸

맡기셨다. 그리고 어느 때부터인가 아버지는 주무시기 전, 아내에게 그날의 '매일 미사' 책에 나오는 복음 말씀을 읽어달라고 했다. 그러면 아내는 아버지의 머리맡에서 복음 말씀을 읽었고, 그 말씀을 들으면서 조용히 잠자리에 드셨다. 꿈나라에서 어머니와 함께 잘 지내셨는지 밤새 깨는 일이 거의 없었다.

아버지가 하늘나라로 가시는 날, 나는 임종을 하지 못했다. 추석을 일주일 앞둔 전날 오후에 동생들 셋과 함께 벌초하러 시골에 가 있었다. 아내 혼자 아침 녘에 돌아가시는 아버지의 임종을 지켜보았다. 아주 조용히, 그리고 편안히 아무런 고통도 없이 돌아가셨다고 한다.

아파트 16층, 우리 집에 빈소를 차렸다. 집 안에서 운명하셨기에 장례예식장으로 옮기고 싶지 않았다. 마지막 가시는 길이나마 집에서 아버지를 모시고 싶었다. 장례 기간 동안 맞은편에 사시는 분이 집을 빌려주어서 문상객을 맞이하는 데 큰 불편이 없었다. 또한 운구하는 날 직장에서 젊은 동료들이 몇 번이나 교대하면서 계단을 통해 지상으로까지 내려왔다. 참으로 고마운 분들이었다.

염습을 하는 날, "아니, 5년이나 중풍으로 누워 있었다는 망자가 어떻게 욕창도 없이 이렇게 깨끗할 수 있을까? 그것 참!" 하며 장의사가 놀라워했다. 병풍을 치고, 장의사의 염습을 도왔다. 아버지의 몸 여기저기를 닦으면서 '죄송합니다, 아버지.'라고 생전 하지 못했던 말을 몇 번이나 속으로 삼켰다. 바람도 불지 않는데 방 안에 피워 둔 향불이 가물거린다. 병석에 누워 계시면서 가끔 내뱉던 말들이 닫혀 있는 아버지의 입술에서 금방이라도 쏟아질 것만 같았다. '미안하구나. 미안…….' 나는 두 눈을 감은 채 아버지의 손을 오래도록 잡고 놓을 줄 몰랐다.

돈키호테적 삶의 에너지, 그 수필적 승화

-윤진모 수필의 작품 세계

곽 흥 렬 (수필가)

Ⅰ. 프롤로그

수필을 두고서 '인생학'이라는 표현을 즐겨 쓴다. 그만큼 수필은 작가의 인생 행로를 고스란히 녹여내는 장르라는 뜻이다. 그의 수필 작품을 읽으면 그가 가꾸어 온 한살이가 한눈에 보인다. 그러기에 제대로 된 수필가로 평가받기 위해서는 그 무엇보다 인생을 보다 의미 있고 값지게 살아야 한다는 이야기가 된다.

여기서 문제는 의미 있고 값진 인생의 기준이 어디에 있는가 하는 물음이다. 물론 사람마다 각자의 생각이 다르고 가치관이 차이 나기 때문에 일률적으로 이렇다 할 답을 찾기는 어렵다.

일상적인 행복과 작가적인 행복은 절대 같을 수 없다는 것이 필자의 생각이다. 이는 일상의 미와 예술의 미의 기준이 다른 것과 같은 이치일 터이다.

윤진모의 작품들을 일별하면서 이 수필들은, 이 수필집은 세상 어디에 내놓아도 손색이 없을 것 같다는 확신이 들었다. 그의 수필 작품들이 보여주는 예술적인 미감이 이러한 믿음을 갖게 해 주는 데 모자람이 없어 보인다.

　수필은 체험을 소재로, 거기에다 사유를 불어넣어 삶의 의미를 발견해 내는 문학이다. 따라서 다양한 체험이 절대적으로 중요한 부분을 차지한다. 대다수 수필가는 창작 활동을 시작하고 나서 어느 정도 시간이 흐르면 경험의 부족 탓으로 소재의 고갈에 직면하게 된다. 그러다 보니 몇십 편을 쓰고 나면 그 이야기가 그 이야기라는 식상함을 주기 십상이다.

　윤진모 수필가는 이 소재의 고갈에서부터 한참 자유롭다. 그가 보여주는 체험의 폭은 넓고 풍부하다. 일반인의 경우는 금전이 재산이라면 수필 작가의 경우는 경험이 귀한 재산이 된다. 필자는 강산이 세 번도 더 바뀔 동안 창작 생활을 하면서 수백, 수천 명의 수필가를 만났다. 그런데 윤진모만큼 다양한 경험을 지닌 작가를 여태껏 만나지 못했다. 그의 체험은 놀랄 만큼 다채로웠다. 윤 수필가는 칠십 평생을 살아오면서 지금까지 안 해 본 것이 없다 싶을 만큼 잡다한 인생 경험을 한 작가이다. 그가 이러한 삶을 살아올 수 있었던 것은 윤 작가 자신의 돈키호테적 기질도 기질이지만, 그 이면에 부인의 후덕한 내조가 단단히 한몫하고 있음이 작품의 편 편에서 확인된다. 우스갯소리로 전생에 나라를 구했어야 이런 반려자를 만날 수 있음을 생각할 때 그는 참 복이 많은 사람임에 틀림이 없어 보인다.

수필가 윤진모는 무슨 소재거리를 발견하면 기어이 작품으로 완성해 내고 마는 대단한 집념의 소유자이다. 일단 그의 창작의 그물망에 들어온 대상은 거기가 얼마나 멀든, 그곳이 얼마나 험한 지역이든 열 번이고 스무 번이고 직접 발품을 팔아서 기어이 눈으로 확인을 해야만 직성이 풀린다. 이것이 그의 다양한 현장 경험을 가능케 하는 원천이 되는 것 같다.

그는 재물에 욕심이 적은 사람이다. 대신 삶의 경험치를 늘리는 것, 이것이 욕심이라면 욕심이다. 이런 삶은 당장은 고통스럽고 힘에 겨울지 모르지만, 결국 작가로서는 무엇과도 바꿀 수 없는 귀한 재산이 되어준다. 그의 작품들에서 다양한 소재로 인생의 이모저모를 만날 수 있는 것은 그만큼 풍부한 인생 경험이 바탕이 되고 있음을 역설하고 있는 셈이다.

세상에 수필가는 많지만 참 수필가는 드물다. 세상에 수필집은 쏟아져 나오지만 옳은 수필집은 쌀에 뉘처럼 귀하다. 그만큼 제대로 된 수필가도, 제대로 된 수필집도 찾기가 힘들다는 이야기다. 너무 여기서 거기인 소재에다 하나같이 이것이 저것 같은 구성 내지는 형식이 독자들을 쉽게 싫증 내게 만든다.

윤진모의 수필집 『가자미가 된 남자』에 실린 편 편들을 일별하면서 이 수필들은, 이 수필집은 그런 비판으로부터 자유로울 수 있다고 확신한다. 한 사람이 썼으되 열 사람, 백 사람이 쓴 것 같은 수필들이 독자들에게 재미와 의미, 거기다 감동까지 안겨준다.

II. 발상의 창의성

필자는 앞에서 윤진모 수필가의 돈키호테적 기질을 언급한 바있다. 이 말은 바꾸어 이야기하면 세상을 보는 눈이 남다르다는 뜻이다. 그는 일변 당연해 보이는 것들을 거꾸로 보거나 비틀어 볼 줄 아는 역량을 지녔다. 러시아의 문학비평가인 슈클로프스키의 말을 빌리자면 낯설게 하기가 된다. 슈클로프스키는 낯설게 하기야말로 예술을 예술답게 만드는 요체라고 역설하지 않았던가.

윤진모의 수필 작품들 가운데 이 낯설게 하기를 통한 창의적 발상이 돋보이는 작품으로는 표제작인 「가자미가 된 남자」를 비롯하여 「아내의 성」, 「맷돌은 노래하고 싶다」, 「달빛 연가」 등을 들 수 있겠다.

「가자미가 된 남자」에서는 횟집의 수족관에서 목격한 고등어와 가자미의 생태를 통해 자신의 한살이를 돌아보고 있다. 관찰력이 탁월하고 연결고리가 탄탄하며 발상이 뛰어난 수필이다. 거기다가 의미화가 잘 되어 있고 주제 의식이 분명하여 예술적인 완성도가 아주 높은 작품이라고 하겠다.

고등어는 잠시도 한자리에 가만있지 않고 쉴 새 없이 수족관을 도는 반면, 가자미는 바닥에 납작 엎드린 채 움직임이 거의 없다. 여기서 작가는 고등어가 온갖 잡기며 오락으로 정신없이 살아온 젊은 시절의 자신이었다면, 가자미는 은퇴한 후 모든 활동을 접고 수필 하나에 정열을 쏟고 있는 지금의 자신임을 발견한다.

젊었을 때 나는 한 마리 고등어였나 보다. 한자리에 오래 머물 지 못했다. 술자리에서도 1차, 2차, 3차로 옮겨 다녀야 제대로 술 마신 기분이 들었다. 등산하러 가서도 이 산, 저 봉우리로 발길을 옮겨 다녔다. 낚시터에서도 조금 기다렸다가 입질이 없으면 저수 지를 돌면서 낚싯대를 여기저기 담갔다 들었다. 한여름에는 쏘가 리나 꺽지를 잡는 루어 낚시에 푹 빠져 수조 안의 고등어처럼 개 울을 오르락내리락 돌고 돌았다. 좋아서 하는 일이라 피곤한 줄도 몰랐다. 〈중략〉

이름난 '맛집'이라 한들 줄을 서서 한 시간 이상 기다리지 못한 다. 그 시간에 다른 일을 하는 편이 훨씬 경제적이고 효율적이라고 여긴다. 가만히 있지를 못하고 뭔가 해야만 직성이 풀린다. 이런 나를 두고 주위 사람들은 부지런하다느니 열정이 넘친다느니 하 면서 치켜세웠다. 이런 말이 듣기 좋아 이것저것 가리지 않고 열심 히 설쳤다. 따지고 보면 진득하지 못한 성격 탓이었다.

그랬다. 젊은 날 이런저런 잡기와 오락거리를 찾아 성미 마른 고등어처럼 쉴 새 없이 헤매었다. 그러다 한 살 두 살 나이테가 감겨 가면서 자신의 진득하지 못한 성정을 돌아보게 된다. 그것은 그에게 부끄러움을 가르쳤다. 나잇값을 하지 못한다는 깨달음이 뒤통수를 치는 순간을 그는 이렇게 고백하고 있다.

고등어처럼 마구 달린 젊은 시절이었다. 바쁘게 살아갈 땐 좌우를 돌아볼 생각을 갖지 못하고 앞만 보았다. 부모·형제도, 아내도, 자식도 눈에 바로 들어오지 않았다. 그저 내 좋을 대로 달려왔을 뿐이다.

돌아보면 눈을 감고 살아온 것 같다. 이 눈치 저 눈치 보지 않았으니 스스로 대견하다는 생각이 들면서 한편으로 가족, 특히 아내에게 미안한 마음을 금할 수 없다. 이기적이란 말을 들으면서 뭐라고 반박하거나 변명도 제대로 못 하고 시계바늘 돌 듯 반복된 일상이었다. 〈중략〉

치어일 때엔 상층부에서 돌아다니지만, 성어가 되면서 바다 밑 모래더미 속에 파묻혀 살아간다. 사람이 나이가 들어 노화 현상을 보이는 것도 가자미와 별반 다를 게 없다 싶다. 늙어서도 천방지축 날뛰면 노망이 든 것으로 보이리라. 영원한 침묵의 세계로 들어가기에 앞서 낮은 곳에서 지난날을 되돌아봐야 하는 나! 이제 더 이상 고등어가 아니다. 앞으로는 가자미처럼 살아가는 삶에 길들

여겨야겠다며 마음을 다진다.

작가는 여기서 남은 인생은 고등어 같은 천방지축의 삶과는 결별하고 가자미 같은 삶을 살아가기로 결심한다. 이것이 비단 작가 한 사람만의 경우일까. 이 세상에 남자로 태어난 이들 대다수가 걸어온 길이 아닐까. 보편성 확보를 통한 공감대가 아주 큰 작품으로 읽힌다.

그런가 하면 「아내의 성」은 은근히 부부관계를 갖고자 시도하는 화자와 그 요구를 거절하는 아내를, 성을 공략하려는 아군과 적군의 관계에 빗대어 표현하고 있다. 역시 발상이 뛰어난 작품이다.

여자들은 폐경을 겪은 뒤로 시간이 지나면 대다수 부부관계를 그리 달갑게 여기지 않는다. 종족 보존의 숭고한 임무를 끝냈으니 이는 어쩌면 너무도 자연스러운 조물주의 이법일 터이다. 남자의 성은 다르다. 문지방 넘을 힘만 있으면 죽을 때까지 껄떡댄다는 우스개도 있고 보면 화자의 요구는 거의 본능에 가까워 보인다. 이 두 현존재의 부조화가 빚어내는 내밀한 갈등이 일변 웃음을 자아내면서 일변 쓸쓸하게 다가온다. 제목에서 '성'을 '성城'과 '성性'으로 중의적으로 사용한 점도 돋보이는 발상이다.

한편 「맷돌은 노래하고 싶다」에서는 암수 맷돌의 생김새에서 여성 상위시대로 흐르고 있는 오늘날의 시대 상황을 발견해 낸 관찰력이 돋보이며, 「달빛 연가」는 한평생 중심을 잡지 못하고 식견 없이 살아온 자신을 햇빛에, 그런 화자를 아무 불평 없이 묵묵히 내조해 준 아내를 달빛에 빗대어 아내에 대한 미안함과 고마움을 전하고 있는 수필이다. 연결고리가 탄탄하고 해석을 통한 의미화가 잘 된 작품이라고 하겠다.

Ⅲ. 소재의 다양성

일상의 경험을 바탕으로 생의 의미를 찾아내는 수필은 장르적 특성상 다양한 경험은 작가로서 소중한 재산이 된다. 이런 의미에서 윤진모 수필가는 참 부자다. 그는 평생을 학교에 몸담아 후진 양성에 바쳐 온 교육자이다.

우리는 항용 교사 출신이라면 세상 경험이 풍부하지 못한 고지식한 인물로 치부하는 선입견을 갖고 있다. 수필가 윤진모는 이런 고정관념을 깨는 인물이다. 그는 못 말리는 끼를 타고났다. 그의 돈키호테적 삶의 행로는 자연스레 다양한 삶의 경험으로 나타난다. 그는 안 해 본 것이 없다 할 만큼 온갖 경험을 한 독특한 이력을 지녔다. 두주불사에다 바둑이며 장기, 당구, 낚시, 사진, 노래, 색소폰, 파친코를 비롯한 투전, 거기다 춤까지 이루 헤아릴 수가 없을 정도이다. 말 그대로 잡기란 잡기는 두루 섭렵한 셈이다. 그의 이런 남다른 세상 경험이 수필 작가로의 삶에서는 오히려 큰 재산이 되었다. 그 덕분에 그의 작품 소재는 무척 다양하며, 이 소재의 다양성이 그의 수필에 흡인력을 불러들이게 만드는 요소로 작용한다.

Ⅳ. 구성의 역동성

윤 수필가는 구성에 있어서 다면적인 기법을 구사하고 있다. 현대수필에서의 전형적인 기법이라 할 수 있는 역순행적 구성은 말할 것도 없고, 액자 구성에다 옴니버스 구성까지, 역동적인 구성으로 예술적 미감을 높이려는 투철한 작가적 자세를 보여준다.

이 가운데 액자 구성을 취한 대표적인 작품으로는 「엄마의 메아리」와 「괴물 천지」가 눈에 띈다. 먼저 「엄마의 메아리」는 불의의 사고로 이승을 하직한 어머니에 대한 그리움을, 새끼를 떠나보내고 애타게 찾아 헤매는 어미 소의 모정을 내부 액자에 담아 그려내고 있다. "겨울밤이 얼어붙어 간다. 유리창 바깥에서 바람이 혼자 '우매~ 우매~' 울어댄다."라고 한 결미 처리가 압권이다. 반면 「괴물 천지」는 묻지 마 폭행이 난무하고 데이트 폭력에다 친족 살인까지 횡행하고 있는 오늘날의 세태를, 우연히 기르게 된 이구아나에게 갖은 애정을 쏟으며 애지중지 돌보는 화자 가족의 삶을 내부 액자로 설정하여 꾸짖고 있는 작품이다. 사람들은 일쑤 이구아나를 괴물처럼 여기지만, 작가는 인간답지 못한 행동을 서슴없이 자행하는 사람들이 널린 현실이야말로 '괴물 천지'라며 신랄하게 비꼰다.

그런가 하면, 「착각」은 다람쥐와 부엉이 그리고 이구아나를 소재로 각기 독립적인 이야기를 옴니버스 형식으로 얽어 짜 생자필멸生者必滅이라는 묵직한 주제로 그려내고 있다. "언젠가 죽어 극락왕생하거나 천국에 들어가리라는 마음으로 아직 살아 있는 한 죽지 않으리라는 착각 속에 살아가는지 모르겠다."라는 언술에서 존재자로서의 실존에 대한 고뇌가 읽힌다.

V. 표현의 진솔성

익히 알려져 있다시피 수필은 자기를 드러내어 세상과 소통하는 문학이다. 그만큼 자신의 삶에 대한 진솔한 토로가 수필 창작에서 큰 몫을 차지한다. 지나치게 화려한 글은 이 진솔성을 해치고 독자들을 왜곡된 방향으로 이끈다. 이것이 미문이 지닌 위험성이다. "진솔한 글이 명문이다."라는 말이 있다. 조금은 어눌해서 오히려 정겹게 다가갈 수 있는 글이 좋은 글이라는 뜻일 게다. 요즘 세상은 내면을 가꾸기보다는 겉껍데기의 화려함에 가치를 두는 시대이다 보니 글도 그런 쪽으로 흐르는 경향을 보인다. 이런 의미에서 뼈대를 세우는 일보다 장식하는 법부터 먼저 배운 이들이 많다는 김선희 작가의 언술은 시사하는 바가 크다고 하겠다.

윤진모의 수필은 이런 비판으로부터 비교적 자유롭게 읽힌다. 그는 문장을 애써 예쁘게 꾸미려 들지 않는다. 대신 주제 의식을 선명히 하는 데다 더 무게중심을 둔다. 짧게 짧게 끊어지는 문장들이 이 점을 뚜렷이 증명해 준다. 그의 글에서는 길어야 한 줄을 넘기는 문장을 찾기 힘들다. 그만큼 단문 위주로 이루어진 작품이 대다수이다.

그렇다고 해서 글이 너무 딱딱하다거나 맛이 없다는 소리는 아니다. 그보다는 적재적소에 꼭 필요한 낱말만 구사함으로써 넘치지도 모자라지도 않는 적당한 긴장감을 보여준다는 이야기다. 이는 그의 수필이 어디까지나 진솔성에 바탕을 두고 있다는 점과 궤를 같이한다고 하겠다.

표현뿐만이 아니다. 내용 면에서도 일변 부끄러울 수 있는 지난 일들도 감추지 않고 솔직하게 드러냄으로써 독자들에게 울림을 준다. 젊은 날 그는 사회 통념상 일탈 행위로 간주될 수 있는 행위들을 즐겼다고 고백하고 있다. 밤을 지새운 음주로 이성을 잃은 행동을 하기 일쑤였고, 수년간 부은 재형저축을 파친코로 날렸는가 하면, 한때는 사교춤에 빠져서 일탈의 달콤한 꿈을 꾼 적도 있었음을 가감 없이 드러내고 있다.

직장에서 제일 먼저 춤을 배웠다. 무엇이든 다른 사람보다 앞서 하면 좋은 줄 알았다. 천천히 움직이는 4박자인 블루스보다 빠르게 몸을 놀리는 6박자인 지르박이 더 재미가 있었다. 출퇴근하는 버스 뒷자리에 앉으면 '하나 둘 셋 넷 다섯~, 여섯' 마음속으로 스텝을 헤아리며 발바닥으로 장단을 맞추었다.

서너 달 개인지도를 받은 후 무도장에 들락거렸다. 아무 여인에게나 정중히 인사하고 오른손으로 상대방의 왼손을 잡았다. 한 곡이 끝나면 그뿐이었다. 서툰 솜씨로 서두르다가 상대방의 발등을 밟거나 일찍 상대를 돌려 버렸다. 내게 다시 손을 잡아주는 사람은 없었다. ‒「가자미가 된 남자」 중에서

예전엔 나 역시 술을 마신 뒤 길가 전봇대에 오줌 세례를 주었다. 주차한 화물차의 타이어에 붙어 있는 흙을 씻어 준 적도 있다. 타이어가 하얗게 웃었다. "어! 시원해. 너도 시원하지."라고 내뱉은 말이 풍선에서 공기 빠지듯 입술 밖에서 춤을 추었다. 부끄러운 줄 몰랐다. ‒「개 어르신」 중에서

이십여 년 전 파친코에 정신이 팔린 적이 있었다. 삼사 년 푹 빠져 지내다 보니 빚까지 지게 되었다. 더 이상 감당할 수 없었다. 5년 동안 쌓아 두었던 재형저축 목돈이 깡그리 사라졌다. 아내에게 다시는 그런 노름을 하지 않겠노라고 맹세코 다짐하였다.

　수필 쓰기에서 절대 금해야 할 내용은 자기 자랑이다. 사람은 본성적으로 시기심과 함께 측은지심을 지닌 존재라 했다. 남의 잘된 일에 대해서는 배 아파하고 남의 불행한 일을 보면서는 불쌍하게 여기게 마련이다. 그러기에 수필의 소재는 항상 행복했던 일보다는 불행했던 일, 즐거웠던 사연보다는 가슴 아팠던 사연, 성공담보다는 실패담 등에서 찾아야 울림이 클 수 있다. 이는 진솔성과도 일맥상통하는 이야기가 된다.

　윤진모의 수필은 대다수 자신의 부끄럽고 아픈 경험을 고백하고 성찰하는 사연을 다룸으로써 독자들에게 울림이 크게 다가온다. 그는 한평생 천둥벌거숭이 같은 삶을 살아오면서 옆지기의 속을 무던히도 썩였다고 했다. 그런 그의 일탈적인 행동에도, 바가지를 긁지 않고 부덕婦德으로 묵묵히 감내하며 슬기롭게 가정을 건사해 준 아내를 향한 고마움을 「내가 아끼는 골동품」에서 가슴 저리게 그리고 있다. 골동품은 세월의 무게 때문에 낡았지만 동시에 그 세월로 해서 오히려 값어치를 지니게 되는 물건 아닌가. 그런데 그의 집을 차지하고 있는 세간들은 오래는 되었지만 골동품 축에 끼지 못하고 하나같이 쓸모가 없는 허접한 것들뿐이다. 하지만 딱 한 가지, 평생을 함께해 온 아내만은 사십 년이 넘었어도 여전히 반짝반짝 빛나는 골동품이라고 힘주어 말한다.

몇 년간 파친코에 미쳐 많은 돈을 날려도 아내는 나를 버리지 않았다. 술독에 빠져 방황할 때에도 버림받지 않았다. 다른 사람들에게는 별 가치가 없을지라도 아내에게는 소중한 존재였나 보다. 아내 또한 내게는 무엇과도 바꿀 수 없는 하나뿐인 귀중한 골동품이다.

살아오는 동안 수없이 저지레를 했지만 원망하거나 타박하지 않은 천사 같은 아내를 향한 고마움과 사랑의 마음을 이 몇 줄이 웅변해 준다. 이것이 수필 문학이 지니는 힘이라고 해도 관계찮을 성싶다.

VI. 내용의 해학성과 풍자성

윤진모 수필이 보여주는 또 한 가지 미덕은 해학과 풍자다. 해학과 풍자는 좋은 수필이 갖추어야 하는 필수요소다. 수필이 지나치게 서정 일변도로만 흐르다 보면 자칫 "글은 착한데……"라는 비판을 듣기 십상이다. 여기서 줄임말 속에 무슨 의미가 담겼을지는 굳이 세세한 첨언이 없더라도 글을 읽는 이라면 누구든 충분히 짐작해 낼 수 있으리라.

윤진모의 수필들 가운데는 의인화 기법을 사용한 작품이 많다는 특징을 보여준다. 의인화는 글의 맛도 맛이거니와 해학과 풍자에 매우 유익한 수단이다. 직설적인 표현보다는 의인화 기법을 빌려옴으로써 웃음을 선사하고 대상을 에둘러 질타하는 효과를 거둘 수 있기 때문이다. 그 가운데서도 특히 반려동물인 개를 의인화한 작품이 다수 발견된다. 개는 예부터 인간과 가장 친숙한 동물이 아닌가. 개 이야기를 통하여 우리 인간의 삶을 드러낼 때 독자들에게 쉽게 다가갈 수 있는 장점이 있다.

윤진모의 이번 책에 실린 수필들 가운데서 해학과 풍자 기법을 발견할 수 있는 작품으로는 「개 어르신」, 「저도 아기를 갖고 싶어요」, 「덕순이의 죽음」, 「카페 37.5℃」, 「차순이의 남자친구」, 「괴물 천지」, 「나이롱 뻥 하는 곳 어디요」 등을 들 수 있겠다. 이 작품들 가운데서 「괴물 천지」와 「나이롱 뻥 하는 곳 어디요」를 제외한 나머지 다섯 편은 다 개를 소재로 한 수필이다. 이렇게 볼 때, 그의 수필에서는 개가 해학과 풍자의 중요한 소재로 사용되고 있음을 미루어 짐작할 수 있다.

VII. 에필로그

글을 모아서 한 권의 책으로 묶는다는 것은 세상 그 무엇보다 값진 일이다. 우리가 이 세상에 왔다가 남기고 갈 것이 과연 무엇이겠는가. 인생은 짧고 예술은 길다고 했다. 너무도 평범해서 오히려 가슴을 울리는 이 영원한 진리의 금언이 가지는 힘을 생각해 본다면 이번에 내놓는 윤진모의 첫 수필집도 참으로 보배로운 결과물이 아닐 수 없다.

그의 수필은 참신한 발상을 다양한 소재에다 다양한 화소, 다양한 형식으로 담아냄으로써 재미와 의미를 동시에 보여주고 있다. 거기다 한 편 한 편의 작품이 진솔한 표현을 지닌 문장들로 꾸며져 있어 잔잔한 감동까지 곁들였다고 해도 그리 지나친 찬사가 아니다 싶다.

이 첫 수필집 상재를 계기로 그의 수필이 더욱 큰 날개를 달고 훨훨 비상할 수 있기를 기대하며 성원을 보낸다.